LA

LITTÉRATURE FRANÇAISE

AU DIX-HUITIÈME SIÈCLE

APERÇU SOMMAIRE

DE

LA LITTÉRATURE FRANÇAISE

AU DIX-HUITIÈME SIÈCLE

Extrait revu de l'ATLAS HISTORIQUE ET PITTORESQUE

SUIVI

d'une réponse au DICTIONNAIRE UNIVERSEL DES CONTEMPORAINS,

PAR

M. J.-H. SCHNITZLER.

STRASBOURG,

IMPRIMERIE DE G. SILBERMANN, PLACE SAINT-THOMAS, 3.

1860.

(Ouvrage non destiné à la vente.)

AVANT-PROPOS.

Les quelques pages qu'on va lire n'offrent rien de bien
nouveau et qui ne soit dit, mieux sans doute, dans les ouvrages des maîtres auxquels il appartient plus qu'à personne de faire entendre leur voix sur ces matières. Peut-
être même, si l'on n'a pas oublié nos travaux de statistique
et d'histoire, trouvera-t-on que nous ne sommes pas ici
sur notre vrai terrain; et, franchement, nous ne saurions
trop que répondre à cette observation, si elle nous était
adressée. Ce n'est pas toutefois que nos anciennes fonctions de directeur de l'*Encyclopédie des Gens du Monde*, ouvrage collectif où aussi des maîtres se sont fait entendre,
ne nous aient mêlé pendant un long temps aux débats de
la critique littéraire; ni que, dans les années qui suivirent,
nous n'ayons eu, entre autres occupations, à professer la
littérature, française aussi bien qu'étrangère; ce n'est pas
non plus, Dieu merci, que le goût nous en ait jamais man-
qué. Mais tout cela, nous en convenons, ne nous forçait pas
à prendre la plume à la main, en usurpant la tâche que les
de Barante, les Villemain, les Guizot, les Saint-Marc-Girardin, les Sainte-Beuve, les Nisard, les Géruzez, les Cu-
villier-Fleury, les Demogeot, et tant d'autres, sont là pour

remplir, avec une supériorité devant laquelle tout le monde
s'incline.

Nous n'avons qu'un seul mot à dire pour notre excuse,
s'il en fallait absolument une dans une affaire de si peu
d'importance et relativement à un petit livre que nous ne
mettrons qu'aux mains de nos amis. Ce travail nous était
imposé comme complément nécessaire de la partie de
l'*Atlas historique et pittoresque* de Baquol que nous avons eu à
composer; partie où nous avons fait entrer un grand nombre
d'autres morceaux semblables sur toutes les branches de
l'histoire de la littérature générale, l'âge d'or de la littérature française, ceux de la littérature anglaise, de l'ita-
lienne, de l'allemande, etc. Puis, obligé par l'article qui
nous concerne dans le *Dictionnaire universel des Contemporains*, de M. G. Vapereau, d'entretenir un court instant
de notre personne le public, dont, en qualité d'écrivain, nous sommes justiciable, nous avons pensé que la
réimpression du petit Coup d'œil en question sur la littérature du XVIIIᵉ siècle, serait une occasion de mettre notre
réclamation sous ses yeux, d'une manière moins complète-
ment aride pour lui et moins pénible pour nous-même.

À défaut d'autre mérite, le Coup d'œil a celui de la briè-
veté, et c'en est un réel sans doute, dans ce siècle affairé,
où le public a si peu d'attention pour les choses qui ne
tiennent pas aux intérêts directs de la vie de tous les jours.
Mais peut-être le lecteur jugera-t-il, d'autre part, que ce
même mérite manque à la réclamation placée à la suite de
ce travail littéraire. En répondant à l'auteur de la notice

qui nous a été consacrée dans le recueil biographique déjà
cité, nous nous sommes, nous le craignons, laissé entraîner trop loin dans le chapitre des explications personnelles.
Contrairement à notre intention primitive, cette réponse
est presque devenue une Histoire des tribulations d'un
homme de lettres, et pourrait prendre ce titre si propre à
éveiller la curiosité. Il y avait là de quoi nous faire réflé-
chir. Eh bien! toutes réflexions faites, nous n'en effaçons
rien. La leçon que nous y donnons, à nos dépens, à ceux qui
voudraient suivre notre exemple, peut avoir son utilité, et,
de plus, quelques-uns des renseignements que nous four-
nissons éclairciront peut-être un côté, qui n'est pas sans
intérêt, de la littérature française sous le règne, si propice aux lettres, de Louis-Philippe; nous voulons dire la
multiplicité des ouvrages encyclopédiques que l'on vit alors
se succéder coup sur coup.

A ces titres, nous osons compter sur l'indulgence de
nos lecteurs pour le double contenu du petit volume que
nous leur présentons.

LA
LITTÉRATURE FRANÇAISE
AU DIX-HUITIÈME SIÈCLE.

Quiconque voudrait avoir une idée claire et nette de la société parisienne pendant le XVIIIᵉ siècle, depuis la Régence,
fera bien, après les *Lettres écrites à son fils* par le comte
de Chesterfield, un des Anglais les plus spirituels [1], de lire le
chapitre que M. Henri Martin, dans son excellente *Histoire
de France* [2], a consacré à cette matière. Quant à nous, qui
sommes ici [3] renfermé dans des bornes assez étroites, nous
nous occuperons exclusivement de la littérature, dont on sait,
au reste, par le mot de Buffon, qu'elle est l'expression, c'est-
à-dire le langage de la société.

Ainsi qu'un écrivain supérieur, Vinet, de Lausanne, l'a fait
remarquer, au XVIIIᵉ siècle la littérature française changea
de caractère : après avoir été un but, elle devint un moyen.
En effet, jusqu'alors elle avait eu pour objet la perfection de
la forme, la beauté : maintenant, celle-ci lui sert à insinuer
partout les idées nouvelles importées d'Angleterre, patrie de
Locke et de Bolingbroke, idées au moyen desquelles elle veut
amener pour le monde une rénovation complète sous le rapport politique et religieux. Les gens de lettres, délaissés du
gouvernement, s'emparent de la société. Ils soulèvent les ques-

[1] Édition française de M. Amédée Renée.
[2] T. XV, p. 325 et suiv.
[3] Dans les colonnes intitulées *Lettres*, *sciences et arts* de l'ATLAS
HISTORIQUE ET PITTORESQUE, 3 vol. gr. in-4° avec cartes et planches.

tions les plus brûlantes, et toute l'Europe leur prête l'oreille; que dis-je, ils s'adressent à l'humanité entière avec une ardeur et une force de conviction qui les rendaient éloquents à un plus haut degré et produisirent cette belle prose qui, en séduisant les étrangers aussi bien que les nationaux, acheva de donner à la langue française son caractère européen et ne resta pas sans influence sur les idiomes divers du dehors.

Toute la littérature française s'imprégna de ce qu'on appelait alors *philosophie*, de ce que nous avons nommé depuis *libéralisme*. Cependant, dans le court aperçu que nous allons offrir à nos lecteurs, nous parlerons d'abord de la littérature philosophique et sociale se donnant pour telle, et nous traiterons seulement en second lieu de la littérature proprement dite, plus désintéressée et moins ambitieuse.

Littérature philosophique et sociale.

A la tête de cette école, qui peut-être eut la plus grande part à la Révolution, ce formidable enfantement du XVIIIe siècle, ont marché trois hommes de génie, MONTESQUIEU, VOLTAIRE et J.-J. ROUSSEAU; et l'un de ces hommes a exercé une telle influence, que ce siècle, qui pourtant a vu Pierre-le-Grand, Nadir-Chah, Marie-Thérèse, Frédéric-le-Grand, Catherine II et Washington (pour ne point parler de Napoléon Bonaparte, dont l'apparition en marqua la fin); que ce siècle, disons-nous, a pu, à juste titre, se nommer d'après lui, *siècle de Voltaire*. De nombreux volumes ont été écrits sur eux: ici, nous sommes obligé de résumer en quelques lignes ce qu'il importe le plus d'en savoir.

Ce fut en 1721, au temps des orgies de la Régence, où tout semblait permis, que parurent, imprimées en Hollande, les *Lettres persanes*, « le plus profond des livres frivoles, » ainsi qu'on les a qualifiées, ouvrage d'un compatriote de Montaigne, de CHARLES DE SECONDAT, baron DE LA BRÈDE ET

DE MONTESQUIEU (1689-1755), né au château de La Brède, près de Bordeaux, et qui, reçu, en 1714, conseiller au parlement de cette ville, fut, de 1714 à 1728, comme son père, président à mortier de cette cour, et devint ensuite, à Paris, membre de l'Académie française. Cette espèce de roman par lequel MONTESQUIEU se rendit d'abord célèbre, est, pour nous servir d'une expression de l'historien déjà cité[1], « le premier livre où se soit ébauchée cette alliance entre la philosophie critique et la morale relâchée (en ce qui concerne les rapports des sexes), qui n'avait pointé jusque-là que dans les vers des modernes épicuriens; » livre tout plein de témérités, d'attaques audacieuses, souvent habilement dissimulées, d'autres fois produites sans voile, contre l'Eglise aussi bien que contre la société politique. Ce livre, on peut le dire, était toute une révolution, et, sous ce rapport, sa place est marquée même dans l'histoire générale: ni Voltaire, ni Rousseau n'eurent beaucoup à ajouter, ils eurent seulement à confirmer et à développer. On ne peut en dire autant peut-être des publications suivantes de MONTESQUIEU, dont la valeur était pourtant incomparablement plus grande. Après son grand voyage et deux ans de séjour en Angleterre, il fit paraître d'abord ses admirables *Considérations sur les causes de la grandeur et de la décadence des Romains* (1734), vraie philosophie de l'histoire, dans la meilleure acception de ce terme, d'ailleurs sagement écrite et d'une correction de style digne du siècle de la belle prose; et ensuite (1749), son chef-d'œuvre, l'*Esprit des lois* (2 vol. in-4º), « livre inspiré au génie par la justice et l'humanité, » selon Vinet, et qui a été longtemps, et est encore, le manuel des hommes d'Etat, le fondement de tout travail sérieux sur la philosophie des lois, sur leurs rapports avec le caractère et le gouvernement général des peuples. Considérant la législation de chaque pays comme le fondement

[1] *Histoire de France*, T. XV, p. 367.

de sa civilisation, l'illustre auteur de ce livre y remonte aux principes des lois, en examine la nature, en déduit les conséquences qui doivent en découler, en fait ressortir les avantages et les défauts, enfin nous montre quelles sont les institutions les plus dignes des hautes facultés de l'homme, celles qui assurent le mieux le bonheur de la société. « Le genre humain avait perdu ses titres, a dit Voltaire, Montesquieu les a retrouvés. »

Cependant l'homme par excellence du XVIIIe siècle, sa personnification la plus réelle et la plus complète, celui qui en possédait la spirituelle causticité aussi bien que l'ardent amour du travail de la pensée, la hardiesse à proposer des réformes, et la confiance d'esprit, dégagée de tout scrupule, nécessaire pour en soutenir, vivifier et diversifier la discussion, c'était cet enfant de Paris (quoique né à Châtenay, près de Sceaux), fils d'un notaire qu'on voit ensuite trésorier de la Chambre des comptes, qui se faisait appeler M. DE VOLTAIRE, mais dont le vrai nom était FRANÇOIS-MARIE AROUET (1694-1778). Célèbre d'abord par la tragédie d'*Œdipe* (1718) et comme auteur de la *Henriade* (1724), poëme qu'on ne peut placer à côté des grands chefs-d'œuvre de l'art épique, le jeune Arouet donna au théâtre, depuis 1730, *Brutus*, *Zaïre*, *Alzire*, *Mahomet* (dédié au pape Benoît XIV), *Mérope*, *Sémiramis*, *Tancrède*, etc., tragédies tout imprégnées des idées nouvelles et dont tout le monde sait par cœur certains vers qui en sont l'expression abrégée. Mais en même temps qu'il marchait avec bonheur, et presque leur égal, sur les traces de Corneille et de Racine, il prit rang comme historien narrateur élégant par son *Histoire de Charles XII*, et comme novateur en politique et en religion par ses *Lettres philosophiques sur les Anglais*, au nombre desquelles nous désignerons nominalement celle *sur Bacon*, celle *sur Locke*, et la réfutation des *Pensées* de Pascal, lesquelles, malgré cette réfutation, il est vrai, n'ont rien perdu de leur poids. VOLTAIRE était devenu tant soit peu anglomane; car, contre son gré et seulement pour échapper plus vite à sa prison de la Bastille, qui n'était pas la première par lui encourue, il était allé visiter l'Angleterre en 1726, et son exil ne cessa qu'en 1729. Il se serait vu sans doute obligé d'y retourner en 1734, où en France il était encore une fois menacé de la perte de sa liberté par suite de la publication de ce livre même et de confidences faites au public sur d'autres qu'il préparait, s'il n'avait pu demander un asile à son amie, la marquise Du Châtelet, femme savante qui fut aussi l'amie, en même temps que l'élève, du géomètre Clairaut. Il resta quinze ans dans cet asile, qui était le château de Cirey, sur les confins du royaume avec la Lorraine. Cependant, rien ne l'empêcha, dans l'intervalle, de revenir à Paris, où il fut même reçu membre de l'Académie française (1746). Après la mort de la marquise (1749), le grand Frédéric appela VOLTAIRE auprès de lui à Potsdam, où, dès lors, le roi de la littérature contemporaine vécut dans la familiarité de celui qui allait devenir le héros du siècle. Encore prince royal, ce dernier lui avait écrit : « Cirey sera désormais mon Delphes, et vos lettres mes oracles. » C'est à Potsdam que VOLTAIRE acheva le *Siècle de Louis XIV* (1752), qui n'est pas seulement un beau livre d'histoire, mais aussi un des monuments les plus impérissables de la prose française. De plus, il y conçut, à un des soupers de Frédéric II, l'idée de son *Dictionnaire philosophique*, espèce d'encyclopédie du bon sens qui, quoique achevée et publiée bien plus tard (1762), préluda, on peut le dire, à la grande Encyclopédie dont nous parlerons bientôt, et proclama l'omnipotence de cette orgueilleuse raison, tant invoquée à l'époque dont nous parlons, et qui pourtant est loin de suffire à tout expliquer dans des matières sur lesquelles la subtilité humaine s'escrime en vain depuis que le monde existe. L'achèvement de cette œuvre certainement remarquable [1], mais qui était une œuvre de démolition en fait de croyances, fut précédé, au château de Ferney, devenu la résidence du proscrit opulent, de celui de l'*Essai sur les mœurs et l'esprit des nations* (1740-56), vraie histoire universelle qu'on peut, malgré le point de vue borné de l'auteur, malgré les témérités et les preuves d'irréligion qu'il renferme, appeler un ouvrage capital, un livre qui ouvrait de vastes horizons, et que l'admiration du savant historien Robertson eût dû, à elle seule, préserver de l'oubli par trop dédaigneux où nous l'avons laissé tomber.

La place manque pour parler ici des autres ouvrages historiques de VOLTAIRE, ainsi que du fameux poëme qui est une regrettable débauche d'esprit du grand écrivain, ou de ses contes et romans en prose (*Candide*, etc.), de ses contes en vers, de ses discours, épîtres, satires, odes, stances, etc. Toutefois nous ne devons passer entièrement sous silence, parmi les épîtres, ni celle *à Mme Du Châtelet* sur la philosophie de Newton, où, dit M. Villemain, VOLTAIRE a porté si loin ce grand art de peindre poétiquement les découvertes de la science, ni celle *à Horace*, fruit d'un âge avancé, où, se comparant au poëte du siècle d'Auguste, il lui adresse ces paroles qui le caractérisent lui même :

> J'ai vécu plus que toi : mes vers dureront moins.
> Mais, au bord du tombeau, je mettrai tous mes soins
> A suivre les leçons de la philosophie,
> A mépriser la mort en savourant la vie,
> A lire tes écrits pleins de grâce et de sens,
> Comme on boit d'un vieux vin qui rajeunit les sens ;

et, parmi les discours, celui sur *l'Homme*, qui est une imitation des *Essais* de Pope.

De ses œuvres en prose, rappelons encore les *Eléments de la philosophie de Newton* (1738), parce qu'ils nous font

[1] Entre autres passages pleins de bon sens et d'élévation, nous citerons celui, à l'article *Gouvernement*, ou il définit la liberté. « Être libre, dit-il, c'est ne dépendre que des lois. »

connaître un autre côté du talent si multiple de Voltaire, qui
n'était pas seulement le premier poëte de son temps, mais un
homme universel et si versé dans les sciences qu'il a pu avoir
un instant la pensée de faire sa carrière de la physique, aussi
bien que de la philosophie; un homme hors ligne, enfin, dont
les écarts mêmes ont attesté l'immense portée de sa tête puis-
sante.

Le patriarche de Ferney eut pour contemporain et pour
rival (du moins en ce sens qu'il passionna comme lui le siècle)
un homme plus jeune que lui de dix-huit ans, sur lequel, quoique alors roi de la littérature, il n'eut jamais aucune prise, et
qui vécut en dehors de toutes coteries, mais qui, comme le dit
encore Vinet, obtint dans les âmes la popularité que Voltaire
avait obtenue dans les esprits. Né à Genève, au sein du pro-
testantisme, qu'il n'abjura que momentanément et qui donna
une direction toute différente à son esprit, Jean-Jacques
Rousseau (1712-1778) était le fils de parents pauvres et resta
pauvre lui-même toute sa vie. Nous ne nous occuperons que
de ses trois ouvrages principaux, *la Nouvelle Héloïse* (1759),
le Contrat social (1759) et l'*Émile ou de l'Éducation* (1762) :
ce sont, le premier un roman en forme de lettres, semé
d'idées remarquables, brûlant d'intérêt, écrit d'un style in-
comparable et entraînant, mais malheureusement peu propre
à maintenir, dans les jeunes âmes, le silence si désirable des
passions; le second, un ouvrage de droit philosophique conte-
nant un nouveau plan d'organisation sociale et non moins ad-
mirablement écrit, mais fondé sur une utopie; le troisième,
un système d'une éducation conforme au vœu de la nature
qui évidemment a tous les caractères d'un paradoxe, mais
qui eut cet avantage de faire reconnaître l'absurdité des anciens errements, et produisit, dans la manière de traiter les
enfants, une révolution d'une portée incalculable et certainement heureuse. Sans doute, il y a beaucoup à redire aux

doctrines prêchées dans ces livres et plus encore aux faits racontés dans les *Confessions* de Jean-Jacques sur sa propre vie, si agitée, si pleine de mécomptes ; mais il ne faut pas oublier, selon la remarque de M. Géruzez, que « dans la décadence de la chaire, dont les enseignements étaient dédaignés et qui n'a à citer qu'un nom populaire, celui du P. Bridaine, il a seul agité puissamment les problèmes de la destinée humaine..., et est venu troubler les sceptiques dans la sécurité de leur triomphe, au moment même où ils se croyaient à toujours maîtres de l'opinion. » Dans tous les cas, si le fond prête à la critique, la forme est admirable. « Rousseau, dit le même écrivain, est sans comparaison le plus éloquent des écrivains de son temps. »

Nous venons de voir les coryphées des philosophes novateurs. J.-J. Rousseau, quoiqu'à vrai dire, il ne fût pas de l'école philosophique proprement dite, poussa, tout autant que ses membres, à la révolution qui s'accomplissait dans les idées. Mais il nous reste à voir le gros de l'armée dont Voltaire surtout était le chef ou, pour ainsi dire, le drapeau. Car les idées nouvelles dont nous parlons, firent de tous les écrivains de cette époque, sous le nom de *philosophes*, une phalange serrée, animée d'un esprit de corps opiniâtre ; la pensée de rénovation qui dominait tous, réunit dans une colossale entreprise l'élite des auteurs contemporains. Cette entreprise était l'ENCYCLOPÉDIE, publication de plus de 30 gros volumes in-4°, qui, dans son plan primitif, eut pour base le Dictionnaire anglais de Chambers, qu'un libraire avait eu la pensée de faire traduire en français et dont il publia ensuite, avec d'autres libraires, une merveilleuse transformation, sous la direction de deux hommes, l'un et l'autre en guerre avec la société et qui se complétaient mutuellement. Nous parlons de D'ALEMBERT et de DIDEROT ; le premier, doué du génie des mathématiques et connu déjà à 20 ans par son *Traité de dynamique*; le second, exclusivement littérateur, d'un esprit fantasque et d'une imagination fougueuse; celui-ci ouvertement athée et fataliste, l'autre prudent, mesuré et plein de ménagements dans son matérialisme non moins antireligieux. JEAN LE ROND D'ALEMBERT (1717-83), né à Paris, était un fils naturel de la fameuse marquise de Tencin, grande dame philosophe, qui l'avait abandonné sans scrupule, mais qui l'aurait reconnu, s'il eût accepté cette grâce, aux jours de sa grande célébrité; car D'ALEMBERT, dont la plume avait produit le *Discours préliminaire* placé en tête de l'Encyclopédie, morceau capital sur lequel l'attention générale ne manqua pas de se porter, et auteur aussi des *Eléments de philosophie*, avait été élu membre de l'Académie des sciences et correspondant de celle de Berlin; il devait en outre devenir (1772) secrétaire perpétuel de l'Académie française. DENIS DIDEROT (1713-84) était fils d'un coutelier de Langres, et, comme Voltaire, un élève des jésuites (car leurs ennemis et les ennemis de l'ordre de choses d'alors sont sortis de leurs propres écoles). Ses puissantes facultés, le feu de son langage, sa témérité, qui risquait tout dans le seul but d'arriver à la réputation, ses critiques aussi fines qu'incisives, donnèrent à DIDEROT un grand ascendant. Tout le monde lut ses romans (*la Religieuse*, etc.) et ses drames (*le Fils naturel* et surtout *le Père de famille*). Certes, lui aussi, et lui surtout, était un homme de génie; mais, dit M. Géruzez, avec autant de vérité que de hardiesse, « si jamais homme parut irresponsable de ses paroles, et même de ses actes, c'est bien DIDEROT, qui n'a jamais atteint l'âge de raison, quoiqu'il ait beaucoup raisonné, ni de la réflexion, bien qu'il ait fait beaucoup de systèmes. » Ces deux hommes donc se réunirent pour diriger la publication de l'Encyclopédie, que Voltaire se contentait d'encourager de loin. Elle eut lieu de 1751

2.

à 1777, et excita les plus vives sympathies; mais comme elle bravait à la fois l'Eglise, l'Université, la cour, les parlements, tous ces pouvoirs se liguèrent contre elle, multipliant les censures, lançant les arrêts, fulminant même l'excommunication. Pourtant ce fut en vain : les idées, la pensée philosophique, que D'ALEMBERT et DIDEROT firent prévaloir dans l'Encyclopédie et auxquelles durent se subordonner les articles de tous leurs collaborateurs, envahit la société française et fit ensuite le tour du monde. Partout on tint à honneur d'être regardé comme philosophe et prétendit non-seulement tout savoir, mais parler de tout avec une entière liberté, oubliant que la vérité (dût-on la reconnaître avec infaillibilité) peut ne pas toujours être bonne à dire, oubliant du moins le mot de Fontenelle à cet égard : « Si j'avais la main pleine de vérités, je ne les laisserais sortir qu'une à une. »

A cette école philosophique, aujourd'hui désavouée de la plupart des véritables hommes de progrès, et dont nous regrettons médiocrement de ne pas pouvoir, faute de place, analyser les doctrines, appartenaient, outre les deux chefs de file et outre le baron D'HOLBACH, riche Allemand établi à Paris, auteur du *Système de la nature* (1770), et dont la maison était le quartier-général de la secte, des hommes de talents divers, tous avides de célébrité, et quelques-uns de scandale. C'étaient le fermier général CLAUDE-ADRIEN HELVÉTIUS (1715-71), d'origine étrangère, mais né à Paris, auteur du livre assez médiocre, mais agréablement écrit, *De l'Esprit* (1759), où cet homme, d'ailleurs généreux et bienfaisant, donnait pour base à la morale le principe de l'intérêt personnel, l'égoïsme, anobli toutefois par l'amour de l'humanité; l'abbé RAYNAL (GUILLAUME-THOMAS-FRANÇOIS, 1711-6), de Saint-Géniez, département de l'Aveyron, dont l'*Histoire des établissements et du commerce des Européens dans les deux Indes* (1770) ne se fit remarquer qu'à force de déclamations contre les rois et les prêtres et ne méritait guère l'honneur qu'on lui fit d'être brûlé par la main du bourreau; le baron DE GRIMM (FRÉDÉRIC-MELCHIOR, 1723-1807), de Ratisbonne, où il était né de parents pauvres, mais qui fut mis en rapports avec plusieurs des grands de la terre d'alors, devint le critique le plus original de son temps, et se fit une grande renommée, conservée, encore après sa mort, par sa *Correspondance littéraire, philosophique et critique* (1753-90) avec des princes d'Allemagne et du Nord. A ces noms, d'une illustration incontestée, faut-il ajouter encore celui du médecin DE LA METTRIE, homme sans études, frivole et dépravé, qui poussa jusqu'à la folie la passion du matérialisme, comme le prouve à lui seul le titre de l'un de ses livres, *L'Homme machine* (1748)? Nous ne le faisons qu'avec hésitation; mais il est impossible de refuser le même honneur à PIERRE-LOUIS MOREAU DE MAUPERTUIS (1698-1759), né à Saint-Malo, mais qui, appelé à Berlin lors de la fondation de l'Académie des sciences de cette ville, s'y trouva avec ce même La Mettrie, et fut longtemps favori de Frédéric-le-Grand, obtint de lui d'être nommé à la présidence de l'Académie, et se montra plus estimable comme savant (géomètre et astronome) que comme philosophe; ni à ce noble de la vieille roche, voltigeur de l'ancien régime, comme on s'exprimait il y a quarante ans, JEAN-BAPTISTE DE BOYER, marquis D'ARGENS (1704-71), qui, né à Aix, eut quelque temps une vie errante, puis, recommandé par ses premiers ouvrages (*Lettres juives, Lettres chinoises, Lettres cabalistiques*) à Frédéric, alors prince héréditaire de Prusse, devint son chambellan et son confident, composa d'autres livres qui tous sentent un peu l'athéisme (*Philosophie du bon sens*, etc.), et échangea avec ce roi, qui l'aimait, des *Épîtres* poétiques. Surtout n'oublions pas ÉTIENNE BONNOT DE CONDILLAC (1715-80), de Grenoble, le plus célèbre disciple de Locke, l'apôtre populaire du sensualisme, celui qui prétendit apprendre à tous à *philosopher*, en abaissant la science au point de la mettre à la portée des esprits les plus vulgaires. Qui ne connaît son *Essai sur l'origine des connaissances humaines* (1746)? qui n'a au moins entendu parler de sa statue douée des cinq sens et à laquelle, en lui en ouvrant les organes, il parvenait à donner des idées?

Ajoutons encore que les femmes ne restèrent pas étrangères à ce caractère spécial du siècle, surtout en France, où nos mœurs les mêlent à tout. A propos de D'Alembert, il a déjà été question de celle qu'on appelait Mᵐᵉ DE TENCIN (1681-1749), religieuse réfractaire que le monde acheva de corrompre. Revenue cependant à une vie plus régulière, elle compta parmi ses amis Montesquieu, qu'elle soutenait hautement contre les détracteurs de l'*Esprit des lois*, et elle aimait à réunir dans son salon les gens de lettres et les savants les plus distingués (Fontenelle, Mairan, le jeune Helvétius, etc.), comme l'avait fait avant elle la vertueuse marquise DE LAMBERT, auteur de *Réflexions sur les femmes*, qu'un historien déjà cité appelle « un chef-d'œuvre de délicatesse et d'élévation morale. » Après ces salons plus anciens, nous devons encore une mention à ceux qui appartenaient plus particulièrement au XVIIIᵉ siècle et à la philosophie, aux salons si célèbres de la spirituelle et maligne marquise DU DEFFANT, l'amie d'Horace Walpole, et de l'aimable Mᵐᵉ GEOFFRIN, veuve d'un riche entrepreneur de glaces, à celui de Mˡˡᵉ DE L'ESPINASSE, un peu parente et longtemps l'humble demoiselle de compagnie de la première, mais plus qu'elle l'amie recherchée de D'ALEMBERT et des encyclopédistes. Ces salons n'étaient plus seulement ce qu'on appelait alors des *bureaux d'esprit:* on s'y livrait aux plus graves discussions, on y frondait toutes les institutions de l'époque, on sapait par une opposition déterminée les fondements de la vieille société française.

Notons enfin que la philosophie exerça aussi son influence sur la science qui enseigne les moyens de pourvoir à la subsistance des peuples et traite de la création de la richesse, science dont les adeptes s'appelèrent les *physiocrates*, les *économistes*, etc. A la tête de cette autre école marchèrent en France, sur les traces de Colbert et de Vauban, FRANÇOIS QUESNAY (1694-1774), savant médecin qui fut de plus un penseur et traita avec talent, dans l'Encyclopédie, les questions économiques relatives à l'agriculture, l'industrie et le commerce; l'intendant VINCENT DE GOURNAY, qui combattit le *système agricole* et qui soutint déjà cette maxime devenue célèbre depuis, *Laissez faire, laissez passer*; puis celui qui se regardait comme son élève, ANNE-ROBERT-JACQUES TURGOT (1727-81), cet homme de bien qui fut, de 1774 à 1776, ministre de Louis XVI et dont ce roi a dit : « Il n'y a que M. Turgot et moi qui aimions le peuple. » Grand savant, amateur de poésie et poëte lui-même, TURGOT, avant de devenir un administrateur hors ligne, était en outre penseur et économiste. Aussi longtemps que l'Encyclopédie ne fut pas défendue, il y produisit des articles dignes de remarque, et encore plus tard, dans la retraite, il écrivit sur les *Vrais principes de l'imposition*. On ne peut dire tout ce que ces débats, nouveaux alors, amenèrent d'améliorations et firent germer d'idées de réformes.

Maintenant, revenant aux écrivains qui n'avaient pas du tout, ou qui n'avaient pas au même degré, l'ambition d'occuper une place parmi les philosophes, que pourrons-nous faire de plus, en présence du nombre toujours croissant d'hommes remarquables à divers titres, que de les grouper dans un coup d'œil rapide où viendra tout au plus se joindre aux noms et aux dates un simple mot d'appréciation?

La poésie a besoin d'enthousiasme et de vie idéale : dès lors, le XVIIIe siècle, avec ses analyses à perte de vue, ne pouvait pas être pour elle une époque propice. Comme l'a dit M. Nisard, « le scepticisme, l'esprit de critique sociale et politique, la venue des sciences physiques et naturelles, le progrès des idées d'économie générale, la popularité des questions de finances, toutes ces choses réunies devaient, sinon tuer la poésie, du moins l'affaiblir beaucoup et amener sa décadence. » En effet, nous sommes loin de Racine et de ses illustres contemporains ; cependant Tissot [1] ne va-t-il pas trop loin quand il dit : « Il n'y eut pas un seul poëte parmi la foule des rimeurs qui bourdonnaient autour de Voltaire, comme des moucherons dans un rayon de soleil » ? A l'esprit du commencement du XVIIIe siècle, c'est-à-dire de ce temps sans vergogne qu'on appelle la Régence, répondait la poésie des CHAULIEU, des LA FARE, des CHAPELLE, dignes chantres des délices du Temple, dont les princes de Vendôme faisaient alors l'asile de la débauche et des libres pensées ; à ce même esprit répondait le poëme licencieux de Voltaire auquel nous avons fait allusion plus haut, *la Pucelle*. VOLTAIRE, dont nous avons en même temps énuméré les vrais titres à l'admiration des siècles, était d'ailleurs incontestablement le plus grand poëte du XVIIIe, le seul poëte de premier ordre que la France ait alors produit, et le troisième en rang de ses auteurs tragiques. Dans les rangs secondaires, le théâtre fit encore la gloire de PROSPER JOLYOT DE CRÉBILLON, le père (1674-1762), de Dijon, dont la meilleure tragédie est *Électre* ; de LAMOTTE-HOUDARD (1672-1731), auteur d'*Inès de Castro*, d'odes et surtout de fables qu'on lit encore avec plaisir ; de JEAN-FRANÇOIS DUCIS (1733-1816), de Versailles, l'interprète souvent heu-

[1] *Leçons et modèles de littérature*, t. II, p. 34.

reux de Shakspeare, le chantre de l'amitié, si habile à parler le langage du cœur, si énergique dans l'expression de la douleur; de JEAN-FRANÇOIS LA HARPE (1739-1803), pauvre enfant trouvé de Paris, auteur de *Philoctète* et de *Coriolan*, mais plus universellement connu comme critique, par son *Lycée* ou *Cours de littérature* (16 vol. in-8°), écrit avec éloquence et qui lui a valu la qualification du Boileau du XVIIIe siècle. Au reste, la tragédie, comme on devait s'y attendre, ne s'élevait pas alors au-dessus de la médiocrité : la comédie, plus appropriée à l'esprit critique du temps, avait naturellement beaucoup plus de chances en sa faveur. Celle-ci donna l'immortalité à PHILIPPE-NÉRICAULT DESTOUCHES (1680-1754), de Tours, le troisième en rang de nos auteurs comiques, dont *le Glorieux*, mais *le Glorieux* seul, est une véritable comédie de création, la suite, dit M. H. Martin, du *Bourgeois gentilhomme* et de *Turcaret*, et qui, comme telle, appartient à l'histoire. Le sarcastique PIRON (1689-1773), adversaire acharné de Voltaire, s'est aussi, par sa *Métromanie*, pièce vivement dialoguée, mais qui répond imparfaitement à son titre, placé à un rang honorable parmi les successeurs de Molière, de même que GRESSET (1709-77), l'auteur du *Méchant*, autre bonne comédie, remarquable surtout par le style, et du poëme de *Vert-Vert*, certainement un des plus jolis et des plus ingénieux de nos contes poétiques. Enfin (car nous sommes obligé de passer ici sous silence DE BOISSY, SAURIN, LEMIERRE, DE BELLOY, GUYMOND DE LA TOUCHE, CHAMFORT, fameux par ses bons mots, et PALISSOT, la bête noire des philosophes), COLLIN D'HARLEVILLE (1755-1806), pour son *Vieux Célibataire*, et FABRE D'EGLANTINE (1755-94), pour le *Philinte de Molière*, méritent encore une mention honorable. Nous parlerons plus loin de MARIVAUX et de BEAUMARCHAIS.

Parmi les poëtes dont la gloire repose sur d'autres titres

que le théâtre, il faut placer incontestablement au premier rang JEAN-BAPTISTE ROUSSEAU (1670-1741), de Paris, qui appartient à peu près également au XVIIe et au XVIIIe siècle, entre lesquels sa vie fut partagée, et qui passa jusqu'à nos jours pour le premier lyrique français; poëte qui s'est très-heureusement inspiré de l'Écriture sainte, et dont les odes sacrées et les cantates sont au-dessus de la froide ode *Au comte du Luc*, que l'on cite le plus souvent comme son chef-d'œuvre. Puis LOUIS RACINE (1692-1763), fils du coryphée de notre scène, auteur du beau poëme didactique sur *la Religion*, en six chants, un peu languissant sans doute, mais qui, par le style, rappelle le siècle de Louis XIV, et dans lequel, comme on l'a dit, il y a au moins la moitié d'un grand poëte. Même indépendamment de Rousseau, la poésie lyrique du XVIIIe siècle, bien qu'elle soit certainement effacée par celle du XIXe, n'a pas été pour cela sans éclat. Comme preuve, nous ne citerons pas DORAT (1734-80), le *héros de la bagatelle*, ni PARNY (1753-1814), que des élégies pleines de grâce ont fait surnommer le *Tibulle français*; mais ECOUCHARD-LEBRUN (1729-1807), le *Pindare français*, ou à qui du moins ses contemporains décernèrent ce titre trop pompeux pour prix de ses odes, dont on a dit qu'elles étaient la fanfare de tous les événements du siècle, musique qui dura longtemps; mais LE FRANC marquis DE POMPIGNAN (1709-84), dont l'inimitié de Voltaire et des philosophes a rabaissé le mérite, mais de qui une postérité plus juste admire, outre l'ode *sur la mort de J.-B. Rousseau*, les poésies sacrées, en partie excellentes traductions de psaumes et de cantiques; mais GILBERT (1751-80), satirique mordant en même temps que lyrique plein de verve, et qui, voué à l'infortune, fit, à l'hôpital, ses *Adieux à la vie*, se montrant grand poëte encore au moment où la mort mettait sur lui sa main de fer. Nous nommerons en outre les frères CHÉNIER et surtout l'aîné des deux, ANDRÉ-MARIE (1762-94), qui brilla dans l'idylle, qui fit de belles élégies, et qui, dans ses odes, salua la révolution, dans laquelle il voyait l'aurore d'un beau jour, mais qui, Saturne dévorant, exigea sa tête comme celles de beaucoup d'autres de ses plus glorieux enfants. MARIE-JOSEPH CHÉNIER (1764-1811) aurait pu figurer déjà plus haut parmi les poëtes tragiques, car l'époque révolutionnaire a applaudi ses pièces *Charles IX*, *Caïus Gracchus*, *Fénelon*, *Henri VIII*, *Calas* et *Timoléon*, pièce dans laquelle se trouve cette belle protestation contre les effets déplorables du fanatisme politique qu'il ne peut jamais être hors de propos de rappeler :

> La tyrannie, altière et de meurtres avide,
> D'un masque révéré couvrant son front livide,
> Usurpant sans pudeur le nom de liberté,
> Roule, au sein de Corinthe, un char ensanglanté...
> Il est temps d'abjurer ces coupables maximes :
> Il faut des lois, des mœurs, et non pas des victimes.

Mais ce poëte tragique d'un temps plus tragique encore est en outre auteur du *Chant du départ* et d'autres hymnes patriotiques ; au-dessus même de ses productions lyriques se placent ses satires, sur *la Calomnie*, *Épître à Voltaire*, etc.; enfin on a de lui, en prose, un ouvrage estimable intitulé *Tableau historique de l'état et des progrès de la littérature française depuis* 1789. On sait que l'auteur de la *Marseillaise*, ROUGET DE LISLE (1760-1836), fut le Tyrtée de cette ère nouvelle et que ce sublime tocsin révolutionnaire fut enfanté à Strasbourg.

Mais nous sommes encore loin d'avoir terminé nos comptes avec l'ère ancienne, celle dont nous nous occupons ici. S'il suffit d'une mention à l'égard des « pâles et correctes rimes » de MALFILATRE et des élégies de BERTIN, émule de Parny, il serait juste, sans l'espace étroit où nous sommes enfermé, d'entrer dans quelques développements au sujet de CLARIS DE FLORIAN (1755-94), le second de nos fabulistes, l'auteur de jolies nouvelles et des deux romans historiques *Numa Pompilius* et *Gonzalve de Cordoue*, pour lesquels le chef-d'œuvre de l'archevêque de Cambrai paraît avoir servi de modèle. Puis il faut nommer LEMIERRE, encore une fois, pour son poëme didactique de *la Peinture*; SAINT-LAMBERT, pour *les Saisons*; ROUCHER, pour *les Mois*, et enfin le chef de l'école descriptive, JACQUES DELILLE (1738-1812), né à Aigueperse, en Auvergne, l'heureux et habile traducteur non-seulement de Pope, poëte philosophe comme lui, mais aussi de Virgile et du grave Milton, dont il partageait l'infortune d'être privé de la vue; l'auteur des *Jardins*, de *l'Imagination* et de plusieurs autres poëmes qui ne valent pas tous ce dernier, son chef-d'œuvre. Personne n'a possédé à un plus haut degré que lui le mécanisme de la versification; mais il avait plus de facilité que de génie, et il donna un peu trop à la poésie, nulle si elle n'est libre et inspirée, les allures des sciences exactes. Néanmoins on peut souscrire à ce jugement que porta sur son maître un disciple reconnaissant [1]: «DELILLE fut l'anneau brillant qui réunit deux époques: en lui, comme en un foyer lumineux, se concentrent les rayons poétiques des derniers jours du XVIIIe siècle et des premiers du XIXe.»

Autres créations poétiques, théâtre en prose, contes, romans.

Dans cette rubrique, le XVIIIe siècle vit naître deux œuvres retentissantes, le roman de mœurs *Gilblas de Santillane* en 1715, et la comédie d'intrigue *le Barbier de Séville* en 1775; toutes deux attestaient des mœurs nouvelles et présageaient l'approche d'une révolution. L'auteur du premier, LESAGE (ALAIN-RENÉ, 1682-1747), né à Sarzeau, près de Vannes, était déjà connu par une ingénieuse critique de mœurs, *le Diable boiteux*, et par une comédie en cinq actes et en prose,

[1] Tissot, *Ibidem*, t. II, p. 51.

Turcaret, qui est une sanglante satire des financiers. *Gil-blas*, c'est la prose de la vie, opposée à l'idéalisme; c'est la peinture et le persifflage de la société telle qu'elle est et telle que l'avait produite un régime qui semblait alors à tous avoir fait son temps. L'auteur du *Barbier*, CARON DE BEAUMARCHAIS (Pierre-Augustin, 1732-99), de Paris, fut successivement professeur de guitare et de harpe de Mesdames, filles de Louis XV, homme d'affaires, spéculateur et agent secret, puis homme de lettres écrivant des pièces de théâtre et des chansons, et rédigeant des mémoires où il traîne dans la boue les nouveaux parlements; enfin de nouveau spéculateur, et spéculateur malheureux, comme il était malheureux en sa qualité de frondeur et de démocrate, n'ayant pu se faire élire membre de l'Assemblée constituante. C'est lui qui acheta, au prix de 200,000 fr., à l'imprimeur Panckoucke, les manuscrits de Voltaire, afin de publier l'édition de Kehl de ses Œuvres complètes (1785-89). Dans le *Barbier de Séville*, suivi au bout de quelques années (1784) du *Mariage de Figaro*, BEAUMARCHAIS battait en brèche tout ce qu'on respectait alors; et, après avoir abimé la magistrature dans ses fameux *Mémoires* contre Goësman et d'autres, il accabla de ridicule la noblesse, pas seulement les marquis, comme Molière, mais tout ce second corps de l'État, si fier de ses priviléges. Louis XVI, indigné de tant d'audace, défendit la pièce au moment où on allait la représenter. BEAUMARCHAIS jura qu'elle serait jouée, «fût-ce au chœur de Notre-Dame.» Elle le fut effectivement et avec un succès étourdissant: aussi eut-elle coup sur coup 64 représentations. La noblesse ne fut pas la dernière à battre des mains, car elle aussi est volontiers du côté des rieurs, et certes, pour l'esprit, elle ne l'a jamais cédé à personne. Combien il y aurait à dire sur une pareille matière! Mais arrêtons-nous: d'autres auteurs encore réclament ici une petite place, par exemple ce «bel esprit alambiqué » de la petite cour de Sceaux, CHAMBLAIN DE MARIVAUX (1688-1763), de Paris, qui, comme Lesage, son contemporain, fit des romans (*Marianne*, etc.) et des pièces de théâtre (*les Jeux de l'amour et du hasard*, *les Fausses Confidences*, etc.), et dont le genre coquet et maniéré, mais ingénieux, s'appelle encore du *marivaudage*; puis JEAN-FRANÇOIS MARMONTEL (1723-99), né dans le Limousin, l'auteur des *Contes moraux*, des *Nouveaux Contes moraux*, de *Bélisaire*, des *Incas*, etc., etc., et qui succéda (1783) à D'Alembert en qualité de secrétaire perpétuel de l'Académie française; et cet abbé PRÉVOST D'EXILES (1697-1763), de Hesdin, prêtre ennuyé de son état, qui se fit auteur de romans, dont le plus court, l'*Histoire du chevalier Desgrieux et de Manon Lescot*, par sa simplicité et la vérité des sentiments qu'il met en jeu, contraste agréablement avec le ton compassé et les allures peu naturelles qu'on pouvait reprocher à l'un des chefs-d'œuvre du genre, la *Nouvelle Héloïse*; CRÉBILLON le fils (1707-77), de Paris, dont les romans, d'autre part, attestent une incroyable corruption; enfin et surtout BERNARDIN DE SAINT-PIERRE (1737-1814), du Havre, que nous ne nommons ici qu'à raison de ses deux charmants contes *Paul et Virginie* et *la Chaumière indienne*, véritables bijoux de la littérature, mais que nous verrons tout à l'heure encore grand peintre de la nature, étudiée par lui en vingt lieux différents et avec une entente merveilleuse des couleurs.

Éloquence et histoire.

Sous la première de ces rubriques nous ne comprendrons pas l'époque des MIRABEAU, des CAZALÈS, des BARNAVE, des VERGNIAUD et de tant d'autres orateurs passionnés et puissants, qui termine le XVIIIe siècle. C'est là une littérature à part, celle de la révolution, à laquelle nous ne voulons pas toucher ici. Nous n'y rangeons que les hommes habiles à bien dire des règnes de Louis XV et de Louis XVI. Nous y rangeons notamment, à cause de ses *Éloges historiques des académiciens* (1708-19), un homme qui, grâce à sa longévité (car il s'en fallut de quelques jours seulement qu'il n'accompli[t] tout un siècle), fut plus que personne, pour ainsi dire, le trait d'union entre l'âge de Louis XIV et celui des philosophes ; qui fut plus favorable cependant au dernier, car petit-fils de Corneille et auteur de la tragédie d'*Aspar*, il haïssait Racine, Boileau et leur école. Cet homme en qui, comme en D'Alembert, le génie littéraire s'alliait au génie de la science, était BERNARD LE BOVIER DE FONTENELLE (1657-1757), de Rouen, qui eut le rare honneur d'être à la fois membre de trois Académies et secrétaire perpétuel de celle des sciences. Exclusivement écrivain (car il n'était entré au barreau que pour le déserter), FONTENELLE se croyait avant tout poëte et fit des vers jusqu'à la veille de sa mort ; homme d'esprit dans la société comme dans ses livres, quoique furtivement, comme le veut Vinet, qui dit de lui spirituellement que la moitié de son esprit est employée à cacher l'autre, il était connu par une foule de ces mots heureux et charmants auxquels on attache tant de prix en France, parce qu'ils flattent l'intelligence ou l'imagination comme les jets d'un vin pétillant flattent le palais. Mais sa célébrité se fonde en réalité sur de tout autres titres. Nous avons déjà parlé de l'un, de son talent d'orateur académique ; l'autre est son livre intitulé *Entretiens sur la pluralité des mondes* (1686), par lequel il initia à la connaissance des grandes notions d'astronomie des lecteurs en général étrangers aux habitudes de la vie scientifique, et mérita, comme dans ses discours académiques, cet éloge de D'Alembert, qu'il fut le premier écrivain qui ait appris aux savants à secouer le joug du pédantisme.

L'ignorant l'entendît, le savant l'admira,

nous dit Voltaire, qui, ailleurs, enchérit encore sur cet éloge par ce jugement si honorable : «Ce livre fut le premier exemple de l'art délicat de répandre les grâces jusque sur la philosophie.» Il avait été précédé des *Dialogues des morts*, où le bel esprit l'emporte même un peu trop sur le philosophe. L'éloquence académique réclame encore ANTOINE-LÉONARD THOMAS (1732-85), de Clermont-Ferrand, auteur malheureusement trop emphatique des *Éloges* du maréchal de Saxe, du chancelier Daguesseau, de Sully, de Duguay-Trouin, de Marc-Aurèle, etc. Mais un plus grand nom dans les fastes de l'éloquence vient de passer sous nos yeux, dans cette énumération des titres de Thomas, le nom de ce chancelier DAGUESSEAU (HENRI-FRANÇOIS, 1668-1751), de Limoges, à qui, sous le Régent et sous Louis XV, sa rigide probité, son inflexible attachement à l'ordre légal et à l'ordre dans les finances, attirèrent, à deux reprises, un glorieux exil profitable aux lettres. Infatigable travailleur, aucune branche du savoir humain ne lui était étrangère, et sa vie réglée, d'ailleurs longue, suffit à tout. Ce fut la vie d'un sage; une vie d'action, mais aussi de travaux littéraires. DAGUESSEAU, grand écrivain, laissa des Discours, des Mémoires judiciaires, et les *Instructions à mes enfants*, cours complet d'éducation juridique. D'autres noms encore relatifs à l'éloquence sont ceux du procureur général LA CHALOTAIS, de l'avocat général SERVAN, du P. BRIDAINE, du P. ELISÉE, etc. JACQUES BRIDAINE (1701-67), prédicateur jésuite des missions, et qu'on peut appeler un Bossuet de village, était né dans le département du Gard d'aujourd'hui. Le sermon sur la mort qu'il prononça à Paris, dans l'église de Saint-Sulpice, l'a rendu célèbre, et Massillon, qui suivait assidûment ses conférences, a dit de lui : «Il eût effacé tous les orateurs, si une heureuse culture eût perfectionné ses dons naturels.» L'abbé Maury fut plus tard du même avis. Et pourtant, les sermons du P. BRIDAINE, qu'on a recueillis après sa mort, n'étaient dans l'origine que des improvisations non écrites, quoique plus ou moins méditées.

Quant à l'histoire, si, à l'exception de VOLTAIRE, qui y tient le premier rang comme dans tant d'autres branches, personne n'a mérité la qualification de grand historien, nous devons au moins la mention la plus honorable à NICOLAS FRÉRET (1688-1749), de Paris, chronologiste, géographe, philologue et philosophe, qui, le premier, répandit du jour sur une foule de matières d'érudition; au *bon* ROLLIN (CHARLES, 1661-1741), de Paris, où engagé de bonne heure dans la carrière de l'enseignement, il la poussa jusqu'à la dignité de recteur de l'université, que son jansénisme lui fit ensuite retirer; homme modeste et savant qui, dans son *Traité des études*, donna d'excellents conseils sous la plus digne forme, et qui, par son *Histoire ancienne* et son *Histoire romaine*, fut le maître d'histoire de deux ou trois générations; à JEAN-BAPTISTE DUBOS (1670-1742), auteur de l'*Histoire critique de l'établissement de la monarchie française dans les Gaules* (1734, 3 vol. in-4°), ouvrage qui fait pendant à celui, moins savant et plus systématique, du comte DE BOULAINVILLIERS (1658-1722), *Mémoires historiques sur l'ancien gouvernement de cette monarchie jusqu'à Hugues Capet* (*Œuvres*, 3 vol. in-fol.); à RENÉ-LOUIS marquis D'ARGENSON (1696-1757), fils du garde-des-sceaux, et qui lui-même fut, de 1744 à 1747, secrétaire d'État aux affaires étrangères, auteur des *Considérations sur le gouvernement de la France*, et dont M. Rathery vient de publier les *Journal et Mémoires* dans une édition authentique. L'historien le plus connu de cette époque, après Voltaire et Rollin, est l'homme qui, membre de deux Académies, revêtu d'une bonne charge de cour, magistrat, auteur, comblé de biens, nous a fourni l'exemple d'une carrière presque constamment heureuse, le président HÉNAULT (CHARLES-JEAN-FRANÇOIS, 1685-1770), de Paris, où il siégea dans le parlement en même temps qu'à l'Académie française et à celle des Inscriptions, et dont l'excellent, quoique un peu aride, *Abrégé chronologique de l'histoire de France* (1744) est dans toutes les mains; qui, de plus, auteur d'autres ouvrages encore, entretint aussi avec Mme Du Deffant, son amie, une correspondance très-curieuse. Puis il faut nommer encore l'abbé DE MABLY (GABRIEL BONNOT, 1709-1785), de Grenoble, qui, grand raisonneur et grand utopiste, a vu partout la démocratie dans l'histoire de son pays (*Observations sur l'histoire de France*, 1765), comme Boulainvilliers, champion de la noblesse, n'y avait vu que des vainqueurs et des vaincus; CHARLES LEBEAU (1701-78), de Paris, le très-érudit auteur de l'*Histoire du Bas-Empire* (1757, 27 vol. in-12); son digne émule, l'abbé BARTHÉLEMY (JEAN-JACQUES, 1716-95), né en Provence, mais qui passa sa vie à Paris, où il succéda à Boze en qualité de garde du cabinet des médailles du roi, et dont le chef-d'œuvre est le *Voyage du jeune Anacharsis* (1788, 4 vol. in-4° et 7 vol. in-8°), travail d'érudition présenté au public sous les formes les plus attrayantes; le trop disert abbé RAYNAL, dont il a déjà été question; enfin (car nous en omettons forcément un grand nombre) CLAUDE-CARLOMAN DE RULHIÈRE (1735-91), auteur de l'élégante et intéressante *Histoire de l'anarchie de Pologne*, né à Bondy, aux environs de Paris, reçu membre de l'Académie française en 1787, quand, de tous ses écrits, il n'avait publié encore qu'un petit poëme, *les Disputes*, car les *Anecdotes sur la révolution de Russie* étaient bien écrites alors, mais non encore publiées. On a de lui aussi des *Poésies diverses*.

Philosophie et histoire naturelle.

La philosophie étrangère à la coterie des encyclopédistes et non hostile à la religion, est représentée, indépendamment de Charles Bonnet (1720-93), de Genève, auteur de l'*Essai analytique des facultés de l'âme* et de la *Palingénésie*, par ce jeune marquis de Vauvenargues (1715-47), d'Aix, qui, comme le dit M. H. Martin [1], «apparaît un instant, au milieu d'une génération égoïste et frivole, comme le précurseur d'un âge meilleur,» et qui prononça ce mot qui le caractérise : «Les grandes pensées viennent du cœur.» Ses *Maximes*, digne pendant à celles de La Rochefoucauld, en diffèrent par ceci, qu'elles font du bien au lecteur au lieu de lui serrer le cœur.

Bonnet nous ménagera la transition de la philosophie à l'histoire naturelle, car il est aussi auteur des *Contemplations de la nature* (1764) qui devancèrent les *Études de la nature* (1784) de BERNARDIN DE SAINT-PIERRE, et les *Époques de la nature* (1788) de BUFFON, deux prosateurs hors ligne, dont nous avons déjà parlé plus haut, sans assez les admirer encore comme écrivains. Ces trois ouvrages réunis, quoique du domaine des sciences plutôt que de celui des lettres, exercèrent l'influence la plus bienfaisante sur la littérature du XVIIIe siècle, en lui offrant une source d'idées et d'images qui seules pouvaient la renouveler, en faisant contraste avec l'aridité raisonneuse des livres les plus prônés alors. Ainsi que l'a dit M. Nisard, «Dieu et la nature avaient disparu de ce monde, où régnait l'intelligence humaine, s'adorant elle-même et réduisant tout son domaine aux seuls rapports de l'homme avec l'homme.... Quelle surprise pour l'esprit de tomber de l'exaltation encyclopédique dans ces belles et fraîches descriptions...! quelle grâce dans ces paysages, quels parfums dans ces forêts, quelles terreurs secrètes et remuantes dans ces descriptions de tempêtes, quelles douceurs sensuelles dans toutes ces Arcadies!» Qu'on lise la vie de BERNARDIN DE SAINT-PIERRE : on verra avec quel soin

[1] T. XV, p. 404.

et par quels détours Dieu le prépara à la tâche d'amener une réaction, en familiarisant ses contemporains avec la nature et en animant celle-ci par la présence de cette providence divine qui en est la seule clef, aussi bien que l'indispensable couronnement.

En effet, BERNARDIN DE SAINT-PIERRE vécut assez longtemps pour assister à la régénération de la poésie française opérée par le livre *De l'Allemagne*, de Mme de Staël, presque autant que par les premiers ouvrages du vicomte de Châteaubriand. L'ère politique et raisonneuse était près de sa fin ; l'imagination, sans laquelle la poésie est nulle, reprenait ses droits, et M. de Lamartine commençait peut-être déjà à fixer par écrit ces magnifiques *Méditations* qui achevèrent la révolution littéraire et firent voir clairement à tous les yeux l'aurore d'un temps nouveau, où l'idéalisme reprendrait ses droits et la nature sa prédominance.

RÉPONSE

AU

DICTIONNAIRE UNIVERSEL DES CONTEMPORAINS.

M. Vapereau m'a fait l'honneur, en qualité de « statisticien français, » de me donner une place dans son *Dictionnaire universel des Contemporains*, récemment publié. Je dois l'en remercier, car il pouvait me passer sous silence comme tant d'autres, qui méritaient peut-être mieux que moi d'être soustraits à l'oubli. Si néanmoins je réclame contre cet article, de même que j'ai réclamé publiquement contre celui de la *France littéraire* de M. Quérard, ce n'est pas certes que je conteste le moins du monde le droit d'investigation et de critique, exercé surtout à l'égard d'un écrivain qui a lui-même largement usé de ce droit. Auteur d'ouvrages, peut-être trop nombreux déjà et dont néanmoins je ne puis encore me résoudre à clore la liste, je sais que, malgré l'humble rang que j'occupe, je ne puis rester à l'abri de la critique, et je me hâte de reconnaître que celle de mon biographe, dans l'ouvrage de M. Vapereau, est en somme bienveillante, que, dans tous les cas, elle ne dépasse guère la limite des convenances prescrites à l'égard des hommes vivants. Mais sachant que ces articles passent d'un dictionnaire dans l'autre, le plus souvent sans révision, je regarde comme un devoir d'empêcher, autant qu'il est en moi, que les erreurs et les lacunes qu'il est impossible de ne pas remarquer dans la notice en question, ne se transmettent ainsi indéfiniment de recueil en recueil.

C'est d'abord des lacunes que je me plains : elles sont telles qu'elles rendaient superflue toute cette notice; les erreurs auront leur tour après, quoiqu'elles ne soient pas moins essentielles.

Les dernières lignes fixeront en premier lieu mon attention. «M. Schnitzler, y est-il dit (p. 1562), vit depuis quelque « temps à Strasbourg dans une position modeste. Inspecteur «auxiliaire des écoles primaires du département du Bas- «Rhin, il n'a pu, faute de grades universitaires, obtenir « dans la carrière de l'instruction publique le rang qui con- « venait à son talent. »

Dans ce peu de mots les erreurs ne manquent pas, cependant ce ne sont pas elles qui me frappent le plus. Après avoir lu l'ensemble de la notice et ces lignes par lesquelles elle se termine, n'est-il pas vrai que le lecteur demandera (et il le fera avec raison) : Pourquoi faire figurer ici, dans cette galerie des hommes notables, ce modeste inspecteur primaire, qui même n'est cela que faute de pouvoir être mieux, n'ayant pas obtenu les grades universitaires (on veut dire sans doute les grades universitaires supérieurs)? L'a-t-il désiré lui-même, ou avait-il mérité d'une manière ou d'une autre qu'on lui infligeât une leçon? Heureusement les lignes citées donnent aussi par elles-mêmes la réponse à ces questions.

Dans la plupart des autres notices, on mentionne les décorations, distinctions académiques ou faveurs royales, obtenues par celui qui en est l'objet. Ici pas un mot de ces honneurs; et pourtant le pauvre inspecteur d'écoles en est si peu resté dépourvu, ainsi qu'on le verra plus loin, qu'il y a, au contraire, une quantité de hauts fonctionnaires de l'université qui, sous ce rapport, ne pourraient pas se mesurer avec lui, — ce qui commence à expliquer pourquoi il occupe une place dans le *Dictionnaire des Contemporains.* Il est lauréat de l'Académie des sciences, le prix de statistique lui ayant été décerné en 1848; un rapport extrêmement flatteur a été fait sur son compte (1856), à l'occasion d'une candidature, à l'Académie des sciences morales et politiques, par M. Mignet, secrétaire perpétuel de cette compagnie; des académies étrangères l'ont reçu dans leur sein; un critique tel que M. Saint-Marc-Girardin a consacré à l'un de ses ouvrages trois grands articles dans le *Journal des Débats,* dont deux premiers-Paris; ce même ouvrage ou le précédent a été annoncé au public par des hommes tels que Klaproth, Balbi, d'Herbelot, Schlosser, à Heidelberg, Strahl, à Bonn, Boulgarine, à Saint-Pétersbourg, Schubert, à Kœnigsberg, etc., etc.; et, comme ceux qui les ont suivis, ils ont été extraits, copiés ou simplement cités en mille endroits; — cela continue l'explication. Cependant mon biographe n'en parle pas davantage, pas plus que de la riche tabatière envoyée au modeste surveillant d'écoles par un souverain avec son chiffre en brillants (chose rare!), ou de la grande médaille d'or, avec cette inscription *Illis quorum meruere labores,* qu'un autre souverain a daigné lui faire remettre.

Avant d'être inspecteur auxiliaire d'écoles à Strasbourg, j'ai eu l'honneur d'être à Paris, pendant plusieurs années (1840-1844), professeur d'allemand de presque tous les princes et princesses de la maison d'Orléans, comme j'ai depuis (1856-1857) enseigné la même langue au Lycée de Strasbourg, comme j'ai fait des cours de littérature française et étrangère au Séminaire protestant de notre ville (1856-1859). Rien encore de cela dans l'article!

Et du reste, ma vie (que je le désire ou non) n'est peut-être pas à son terme. Les grands travaux que j'ai sur le chantier peuvent aboutir encore. En dépit de mon incurable indolence quand il s'agit de m'occuper moi-même de mon sort, ils peuvent encore devenir pour moi la source d'avantages réels. Était-il gracieux, était-il convenable de mettre le public dans la confidence de mes mésaventures quant au passé, et de dire, comme s'il s'agissait d'un mort, bien et dûment enterré : *Il n'a pas pu obtenir* en ce monde *le rang qui convenait à son talent?*

Encore une fois, s'il n'y avait pas plus à dire sur mon compte que ce qui est renfermé dans cette notice, il fallait hardiment la supprimer. Le public n'a que faire des souvenirs d'une vie insignifiante. Si, au contraire, certains indices faisaient remarquer qu'il y avait, dans cette modeste position, des services rendus et des promesses faites à la science encore pour l'avenir, ne fallait-il pas alors un redoublement de soins, afin de ne rien ignorer de ces services et de ces promesses? ne devait-on pas, dans ce cas, user d'une bienveillance toute particulière? Car l'homme frappé de disgrâce malgré les plus honorables efforts, a droit à la sympathie de ses pairs plus heureux.

Pour en finir avec les lacunes, c'en est une, selon moi, quand mon biographe dit que je fis « un long séjour en Russie, » sans ajouter que ce séjour décida de la direction que devait prendre ma vie; que je fus témoin oculaire, à Saint-Pétersbourg, de la rébellion du 26 décembre 1825, ce qui me permit d'être l'historien, — et j'ose assurer, l'historien véridique — de ce grave événement, ainsi que de ceux qui le précédèrent et suivirent jusqu'au couronnement de l'empereur Nicolas à Moscou, où j'assistai pareillement. C'en est une autre, quand la notice, après ces mots : « La guerre « d'Orient a fourni à M. Schnitzler l'occasion de mettre à profit

« ses connaissances géographiques et historiques sur l'empire
« Russe, » passe entièrement sous silence ma *Description de
la Crimée, surtout au point de vue de ses lignes de communication*, composée à l'usage de notre armée, et que je crus
de mon patriotisme d'envoyer, en manuscrit, à M. le Ministre
de la guerre. Son Excellence, il est vrai, la passa de son côté
sous silence, ni plus ni moins; mais un auteur russe, dont
une publication m'avait été très-utile pour cette Description,
m'écrivit après la guerre : « Je m'indigne que mon travail ait
pu servir à montrer à l'ennemi les chemins dans mon pays [1]. »

La *Description de la Crimée* n'a pas été oubliée seule : la
même infortune a atteint mon *Histoire intime de la Russie
sous les empereurs Alexandre et Nicolas* (2 vol.), qui pourtant a été traduite dans toutes les langues et à laquelle le
puissant empereur de Russie lui-même, ainsi que je le dirai
plus loin, n'a pas jugé au-dessous de lui de faire une réponse.
Cette fois-ci l'oubli est d'autant plus étrange que c'est précisément à l'Histoire intime que s'adresse une des observations critiques de mon biographe, dont la bienveillance, si
elle est réelle, n'est pas sans un grain de malice.

« Ces ouvrages de circonstance, dit-il, ne brillent pas par
« l'éclat du style, mais ils renferment de nombreux et utiles
« documents. M. de Lamartine a fait à M. Schnitzler de larges
« et fréquents emprunts dans son *Histoire de Russie*, qui se-
« rait presque un plagiat (ce n'est pas moi qui dis cela), si,
« par une lettre rendue publique, il n'avait indiqué lui-même
« la source où il a puisé. »

Ou je me trompe, ou la seconde de ces périodes est la
réfutation de l'épigramme contenue dans la première; car
comment admettre que M. de Lamartine se soit approprié lit-

[1] M. Drouyn de Lhuys, ministre des affaires étrangères, n'imita pas
l'exemple de son collègue. Quand l'ouvrage eut paru, il donna l'ordre,
comme il me le fit savoir lui-même, d'en insérer des extraits dans le
Moniteur.

téralement des pages dénuées de tout éclat de style? Tout
en remerciant le grand écrivain et poëte de ces emprunts,
dont je suis glorieux, j'ai dû le prier, quoique sans insistance
quelconque, d'ajouter à son ouvrage une note au moyen d'un
carton, afin de ne laisser aucune incertitude sur la source,
telle quelle, d'où ces pages dérivaient. Non-seulement M. de
Lamartine a déféré à cette demande, mais, avec la libéra-
lité qui appartient à la grandeur, et de sa propre impulsion,
il a fait insérer dans trois des journaux les plus en faveur une
lettre si flatteuse à mon égard que je devrais sans doute l'ignorer ou du moins ne pas en faire usage. Si néanmoins je la
reproduis ici, c'est, en même temps qu'une petite satisfaction d'amour-propre, une innocente vengeance que je prends
de l'épigramme, et le lecteur voudra bien me le pardonner.

Voici cette lettre, telle qu'on a pu la lire dans le *Journal
des Débats*, le *Constitutionnel* et la *Presse* du 2 juillet 1855.

« A M. Schnitzler, à Strasbourg.

« Monsieur, quand on a eu un tort, je ne connais qu'un moyen
« de le réparer, c'est de le reconnaître. Je reconnais le mien
« envers vous; il est involontaire, c'est ma seule excuse; il
« tient à la rapidité avec laquelle mon *Histoire de Russie* a
« été imprimée, sans que j'aie eu le loisir d'en revoir moi-
« même les épreuves. Mon intention était non-seulement de
« vous citer à la fin des pages que je vous ai empruntées,
« comme je l'ai fait, mais de vous citer aussi au commence-
« ment du passage, dans un préambule où j'aurais payé un
« juste tribut d'éloge et de reconnaissance à votre *Histoire
« intime de la Russie*. Cette omission, Monsieur, motive heu-
« reusement aujourd'hui pour moi l'aveu de ma faute, le par-
« don que j'en sollicite, et me fournit l'occasion naturelle de
« vous rendre dans une note ce qui vous appartient.

« Vos deux remarquables volumes, si bien informés de

« faits , si dramatiques de détails , si pénétrants de style, sont
« le recueil de documents historiques le plus précieux sur
« l'époque d'Alexandre Ier. Si vous en aviez fait une histoire en
« les classant par ordre de temps et de matières , je n'aurais
« pas écrit la mienne, car en vous lisant j'aurais désespéré
« de vous égaler.

« Recevez avec ces regrets, Monsieur, l'assurance de ma
« haute considération.

« Paris , 29 juin 1855.　　　　　　AL. DE LAMARTINE. »

Je n'ai pas besoin de remarquer quelle part il faut faire à
la politesse, dans cette lettre, gracieuse pour moi autant
qu'honorable pour son auteur; et, dans le compliment de la
fin, par exemple, je n'ai pas la sotte vanité de voir autre
chose qu'un compliment, tel que les hommes placés au-dessus
de toute comparaison se plaisent à en prodiguer. Mais enfin
le fait de la reproduction est là, et si j'en parle, c'est qu'on
m'y a forcé. Au reste, l'histoire de Russie continue, classée
par ordre de temps et de matières, dont parle M. de Lamartine, je l'ai faite aussi, ainsi qu'on le verra plus loin; mais cela a
bien pu lui échapper, car elle a paru d'abord, pendant la durée
de la guerre d'Orient, sous forme d'ouvrage de circonstance et
sous ce titre mal approprié à son contenu, mais que m'avait
désigné l'éditeur, *La Russie ancienne et moderne*, *histoire*,
description, *mœurs*. Soigneusement revue et augmentée,
elle a été réimprimée, avec ses illustrations, dans une édition de luxe qui vit le jour à peu près en même temps que
l'Histoire de M. de Lamartine (1855) et plusieurs mois avant
un autre ouvrage portant le même titre qu'elle et qui lui a fait
aussi de nombreux emprunts. Je dirai plus loin un mot de la
traduction allemande qui en a été publiée à mon insu.

En voilà assez sur les lacunes : j'arrive aux erreurs contenues
dans l'article du *Dictionnaire universel des Contemporains*

Celle que je suis le plus pressé de rectifier, concerne mon dernier ouvrage *L'Empire des Tsars*, t. Ier, que le biographe range, pêle-mêle avec les autres, parmi les « ouvrages de circonstance. » Or il est le résultat de toute une vie de travail, la tâche sérieuse de mes vieux ans. L'empereur Alexandre II, nonobstant quelques sujets de mécontentement que Sa Majesté avait pu trouver dans mes précédentes publications, a daigné en accepter la dédicace; l'Académie impériale des sciences de Saint-Pétersbourg, dans un rapport dont je donnerai plus loin un extrait, a déclaré que cet ouvrage manquait à la Russie et qu'il était digne de tous les encouragements du gouvernement. Or, il s'agissait d'un livre sur la Russie elle-même, écrit par un étranger, loin des bibliothèques russes. Une telle méprise a de quoi blesser profondément un auteur consciencieux qui met toutes ses forces à l'accomplissement d'une tâche, et qui, en la remplissant, a obtenu les suffrages les plus augustes et ceux des juges les plus sévères et les plus difficiles. Cette méprise, il était facile de l'éviter, car j'avais prémuni contre elle mes lecteurs dans l'avant-propos du tome Ier, le seul publié jusqu'à ce jour. « De toutes manières, avais-je dit, le moment est venu de « donner au public cet ouvrage plus étendu dont, en 1829, « quand nous mîmes au jour notre *Essai d'une statistique* « *générale de l'empire de Russie*, nous annoncions déjà, « dans la préface, que celui-ci ne serait que le précurseur. « Vingt-six ans se sont écoulés depuis ce début : c'est au lec- « teur à juger s'ils ont été perdus ou non pour ce constant, « mais non pas sans doute unique, sujet de nos études. » Le tome II va être mis sous presse, et puisse-t-il trouver, ainsi que les suivants, des juges aussi bienveillants que l'ont été, pour le premier, l'illustre Académie de Saint-Pétersbourg, la Société impériale russe de géographie, et les auteurs des excellents comptes-rendus de la *Revue contemporaine* et des

Nouvelles Annales de Voyage, MM. Alexandre Bonneau et
V.-A. Malte-Brun !

La malice de mon biographe s'exerce encore sur moi à l'occasion de l'*Encyclopédie des Gens du Monde*, vaste publication de la maison Treuttel et Würtz, à la direction de laquelle j'ai consumé les plus belles années de ma vie, de 1830
à 1845, de concert avec l'excellent M. Würtz, qui en était le
vrai fondateur aussi bien que l'éditeur, et dont, après sa
mort, j'ai fait mettre le portrait en tête du premier volume.
Ce qu'on dit en cet endroit, je ne veux pas précisément le
taxer d'erreur : toutes les choses ont deux côtés, et si je vois
celle-ci d'un tout autre point de vue, permis néanmoins au
biographe de s'attacher au sien. Toujours est-il que l'*Encyclopédie des Gens du Monde* a fait ses frais, et qu'elle a eu,
il sera permis de le dire même à son directeur, le succès
d'estime le plus complet que l'on puisse désirer. Au nombre
de mes 350 collaborateurs figuraient les plus hautes notabi-
lités de la France et de l'étranger, MM. Villemain, de Sis-
mondi, Michelet, Daunou, Naudet, Capefigue, Schlosser,
Dupin aîné, Rossi, Blanqui, Jomard, Balbi, Guigniaut, baron
Walckenaër, vicomte de Santarem, Dumont d'Urville, baron de
Gerando, Jouffroy, Matter, Klaproth, Hase, Reinaud, Leclerc,
Paulin Paris, Philarète Chasles, Tommaseo, baron d'Eckstein,
F. Cuvier, Decandolle père, baron Berzélius, C. Prévost,
Magendie, Orfila, Andral, Hittorff, Reicha, Fétis, etc., etc.
Or, il me serait facile de prouver, en ouvrant le portefeuille
de la direction que j'ai tenu fermé jusqu'à ce jour (sauf une
lettre de Béranger à laquelle j'ai dû donner de la publicité),
que tous tenaient à honneur de s'associer à cette entreprise,
sur laquelle d'ailleurs je me suis suffisamment expliqué déjà
dans l'ouvrage même, soit à l'article *Encyclopédie*, soit à l'article de la lettre Z (fin), soit dans celui que j'ai consacré à la
mémoire de M. Würtz, mort en 1841, quand la publication

n'en était encore qu'aux deux tiers. Voici ce que j'ai dit dans cette dernière notice. « Dans l'impossibilité de présider lui-« même à la rédaction, Würtz en abandonna le soin à un di-« recteur de son choix. C'est dans sa ville natale (Strasbourg) « qu'il était allé le chercher, heureux de rapporter à elle, par « la large part qu'y prendraient deux de ses enfants [1], une « partie de l'honneur qui devait être le prix d'une opération, « dans laquelle on s'attachait moins à réaliser des bénéfices « qu'à se concilier l'estime des hommes de bien et des juges « compétents. Le directeur et l'éditeur tendaient de concert « vers ce but. Leur accord permit de surmonter bien des « difficultés..... » Certes, celles-ci n'étaient pas médiocres pour un jeune provincial, et qui plus est Alsacien, c'est-à-dire Allemand (comme on s'obstine encore à traduire ce mot en France), au milieu de cette brillante phalange d'académiciens ou d'autres célébrités, dont il était indispensable de ramener les articles aux limites prescrites, et souvent même au plan de l'ouvrage et à l'esprit particulier qui y dominait. On se rendra compte, au moins jusqu'à un certain point, de la nature de ces difficultés, que l'on ne pouvait vaincre qu'à force de diplomatie, lorsqu'un jour on aura connaissance, par exemple, de ma correspondance avec le vénérable Daunou au sujet de l'article *Chénier*, qu'il avait fait, mais qui n'a pas été inséré, et qui néanmoins n'a pas été le dernier que cet homme d'une trempe antique, ancien tribun hostile, comme on sait, à l'empire, nous ait fourni.

[1] La ville de Strasbourg et ses écoles de toute espèce étaient en outre représentées, dans cette publication, par Ehrenfried Stœber, le poëte alsacien, par Willm, le profond penseur, et son successeur Christian Bartholmess, depuis décédés ; et, quant aux vivants, par MM. Matter, Louis Spach, Fritz, Fée, Cunitz, et par le recteur actuel de l'Académie de Strasbourg, M. Delcasso. Nommons encore M. Edouard Spach, le botaniste, frère de l'ingénieux littérateur, et, parmi ceux qui ne sont plus, Ph. de Golbéry, les pasteurs Gœpp et Edouard Verny, que Strasbourg, ou du moins l'Alsace, peut également réclamer.

Mais venons-en à l'appréciation de l'*Encyclopédie des Gens du Monde* qui se trouve dans la notice à laquelle je réponds. « Cette entreprise, y est-il dit, n'obtint pas tout le succès « qu'elle méritait. L'honnêteté un peu allemande de M. Schnitz-« ler, en sacrifiant trop l'agréable à l'utile, effaroucha les gens « du monde, sans satisfaire entièrement les savants. »

Quoi qu'il en soit de cette dernière critique, à laquelle je pourrais répondre que les savants sont trop éclairés pour ne pas savoir ce qu'ils peuvent et ce qu'ils ne peuvent pas attendre d'un ouvrage encyclopédique, c'est à-dire universel, je confesse que, dans mes travaux de direction, j'ai eu en vue l'ouvrage terminé et alors destiné à des recherches auxquelles doivent répondre des données, des solutions positives, bien plus que la livraison paraissant au fur et à mesure et se prêtant ainsi occasionnellement à une lecture suivie ; je confesse encore que, surtout lorsque le *Dictionnaire de la Conversation et de la Lecture*, notre concurrent, nous eut gagnés de vitesse, je m'attachai davantage à être approuvé des savants qu'à plaire au public en général, aux goûts duquel je n'ai sacrifié que dans un petit nombre d'articles de la première moitié de l'ouvrage, par exemple dans la longueur démesurée des notices sur des hommes célèbres vivants, et dans les morceaux, spirituels du reste, que nous avons demandés à des écrivains de luxe ou à des littérateurs momentanément en vogue. La maxime *utile dulci* commence à être familière même aux Allemands ; mais une autre maxime est celle-ci, qu'en toutes choses il faut regarder la fin. Or, une fois terminée, une Encyclopédie réduite à 22 gros volumes, ne saurait être, je le répète, un livre de lecture amusante : elle doit former, comme l'indiquait le développement de notre titre, un *Répertoire universel des sciences, des lettres et des arts*, c'est-à-dire de tous les faits et de toutes les idées importantes et fécondes en circulation dans le monde. Que l'on se serve de notre ouvrage sous ce point de vue, comme je le fais presque journellement, et l'on verra alors, — j'ose le dire, car c'est le mérite de mes collaborateurs et non le mien, — on verra alors quels trésors de toute espèce y sont cachés.

Veut-on savoir au juste pourquoi l'*Encyclopédie des Gens du Monde* « n'a pas obtenu tout le succès qu'elle méritait, » comme s'exprime mon biographe? Je n'aurai qu'à rappeler quelques faits. C'est en 1829 que fut distribué le premier prospectus de la maison Treuttel et Würtz annonçant, sous le titre *Nouveau Dictionnaire encyclopédique à l'usage des gens du monde*, et en 15 vol. in-8°, une édition française du *Conversations Lexicon* allemand, mais « refondu et complété par une société de gens de lettres. » Le premier volume était prêt pour l'impression lorsqu'éclata la révolution de 1830, qui, un instant, mit tout en question. M. Würtz commençait cette entreprise importante avec ses propres moyens, sans avoir recours à l'association et aux actions. Les événements des journées de juillet lui donnèrent à penser, et ses craintes le portèrent à retarder l'impression jusqu'en 1832. Le tome premier ne vit le jour qu'au commencement de 1833, sous le titre abrégé et annonçant un ouvrage original, *Encyclopédie des Gens du Monde, Répertoire universel*, que j'avais fait préférer. Mais dans l'intervalle, le monde ne s'était pas arrêté comme nous. Nos prospectus multipliés n'ayant pas été suivis d'effet, des entreprises faites en concurrence de la nôtre en profitèrent, exploitèrent notre idée, se substituèrent pour ainsi dire à nos volumes vainement attendus, et prirent ensuite une grande avance sur nous, dont ils connaissaient parfaitement les projets, par trop timides. « Notre appel a eu du retentissement en France, » écrivais-je, dès 1834, dans un nouveau prospectus : « tout le monde a voulu exploiter la même idée, et déjà la foule des imitateurs a constaté la haute utilité et le besoin incontestable de sa mise en œuvre. » D'abord vint, comme je l'ai dit, le *Dictionnaire de la conversation et de la lecture*. Fondé sur actions et se donnant d'ailleurs, selon son titre, une tâche plus facile, moins sévèrement poursuivie, il put prendre des allures hardies et avancer en courant, quand nous cheminions pas à pas. « Chacun, comme il l'avouait lui-même [1], mettait sous son pied le plan de l'ouvrage et agissait suivant son caprice, » tandis que je faisais les plus grands efforts pour entretenir dans le nôtre l'harmonie et l'unité. Ce premier concurrent fut suivi de l'*Encyclopédie des connaissances utiles*, puis de l'*Encyclopédie pittoresque*, bientôt transformée en répertoire du progrès social sous le titre d'*Encyclopédie nouvelle*. Après celle-ci vinrent l'*Encyclopédie catholique* et l'*Encyclopédie du XIX° siècle*; et, sans parler des suites données de temps en temps à l'*Encyclopédie progressive* commencée par M. Guizot par un travail très-remarquable sur ces sortes de livres en général, MM. Didot frères annoncèrent une nouvelle édition de l'*Encyclopédie moderne* de Courtin, qu'ils ont depuis exécutée effectivement. On le voit, ce fut une cohue de publications de même nature, et cependant je n'ai pas encore tout dit. A toutes ces encyclopédies parisiennes, la librairie de la Belgique en ajouta bientôt deux autres. Enrichie par l'honnête industrie de la contrefaçon alors protégée par l'État, elle ne reculait pas devant les plus vastes entreprises, et, sans bourse délier, elle composa, au moyen des ouvrages qui précèdent, deux encyclopédies nouvelles, meilleures peut-être qu'eux tous (car en s'appropriant à volonté ce qu'il y avait de plus remarquable dans chacune

---

[1] Aux citations qu'on peut voir dans mon article *Encyclopédie*, t. IX. p. 503, note 2 de la deuxième colonne, je serais en mesure d'en ajouter beaucoup d'autres, car il y a à cet égard, dans l'ouvrage, des articles vraiment curieux.

et en faisant de ce choix un ensemble, il n'était pas difficile de faire mieux) et qu'elle vendait à bien meilleur marché. On sait que Wahlen était au premier rang de ces contrefacteurs de Bruxelles. Je me rappelle qu'un jour, à Paris, je reçus la visite d'un homme grand et de bonne mine, portant à sa boutonnière les rubans d'une demi-douzaine de décorations. «Je me suis si souvent occupé de vous, osa-t-il me dire, que je n'ai pas voulu quitter Paris sans avoir l'honneur de vous rendre visite. » Je travaillais justement à mon *Histoire intime de la Russie*. Il voulut savoir ce que j'avais sur le chantier, et j'eus la bonhomie de le lui dire, car, je l'avoue, toutes ses décorations ne laissaient pas de m'imposer. «Ah! fit-il aussitôt, j'en donnerai une contrefaçon. » J'eus beau répondre : « C'est-là un genre de service, Monsieur, que je ne vous demande pas! » il persista. Ce qui est certain c'est qu'il parut en Belgique une contrefaçon de ce livre et fit, à l'étranger, comme je le sais positivement, beaucoup de tort aux éditions légitimes de Jules Renouard et Cⁱᵉ; toutefois mes souvenirs ne sont pas assez précis pour me permettre d'assurer qu'elle émanât de lui; elle fut bientôt suivie d'une seconde. Pour en revenir aux encyclopédies, seul de toutes, le *Dictionnaire de la conversation* fut une bonne affaire et put multiplier ses éditions : néanmoins je déclare hautement que, sans envier le moins du monde son triomphe, je suis loin de baisser pavillon devant lui. Les hommes de science ont depuis longtemps prononcé entre les deux ouvrages[1]; à ceux qui n'auraient pas formé leur jugement, je demande qu'ils prennent la peine de comparer. Ce qui atteste la valeur de nos

[1] Je conserve, dans mes archives, un nombre considérable de comptes-rendus auxquels l'*Encyclopédie des Gens du Monde* a donné lieu; mais le plus approfondi de tous est celui qu'un littérateur très-connu et auteur d'excellents articles biographiques, M. Vieilland, aujourd'hui bibliothécaire du Sénat, a donné au *Moniteur* (articles des 12 juin, 29 juillet et 19 août 1840). J'aime à l'en remercier encore aujourd'hui.

articles biographiques par exemple, c'est qu'encore tous les jours ils passent, sans changement, dans la *Nouvelle Biographie universelle* de MM. Firmin Didot frères.

Puisque je me suis laissé entraîner par le *Dictionnaire universel des Contemporains* à écrire comme une page de mes Mémoires, dans lesquels l'Encyclopédie et les collaborateurs avec lesquels j'eus l'honneur d'y travailler joueraient nécessairement un grand rôle, je veux dire finalement quelques mots de ce manque de grades universitaires supérieurs dont parle mon biographe, peut-être un peu indiscrètement.

L'enseignement, que j'ai pratiqué sous toutes les formes et à tous les degrés, en particulier et en public, à l'égard des dames comme à celui des jeunes gens, a de tout temps été mon ambition et ma joie. L'intention des maîtres de ma jeunesse et ma propre espérance étaient longtemps que j'occuperais une chaire d'histoire ou de philologie au Séminaire protestant de Strasbourg, vénérable débris de l'ancienne université de cette ville, qui garde religieusement le souvenir des Schœpflin, des Lorenz, des Koch, des Oberlin, des Schweighæuser et de plusieurs autres éminents érudits. C'est pour y atteindre qu'après avoir obtenu, dès l'âge de dix-sept ans, le baccalauréat ès-lettres, je fis de 1819 à 1822 mon cours de théologie et que je le terminai en 1823 par l'examen final, dont je sortis candidat du ministère évangélique. Toutes mes inscriptions étaient prises en vue de la licence; mais le temps me manqua pour passer un second grand examen; car une bonne place de précepteur dans une grande et très-honorable maison m'avait été proposée, et je brûlais du désir de voir le monde, sans que, par mes propres moyens ou ceux de ma famille, je pusse songer seulement à le satisfaire. J'ajournai donc la licence et le doctorat ès-lettres, et j'acceptai la place. J'avais tort, car c'était sacrifier l'avenir au présent; et cependant, à tout prendre, je n'ai jamais pu le regretter sérieusement, car ce voyage me mit en contact avec la Russie et me fit commencer ces études spéciales qui sont devenues la joie et j'ose ajouter aussi l'honneur de ma vie. A peine de retour en 1828, après quatre ans passés en Russie et sept ou huit mois en Allemagne, je quittai Strasbourg de nouveau afin d'aller voir Paris et ces collaborateurs de la *Revue encyclopédique*, le vaillant Jullien en tête, que, dans mon jeune enthousiasme, je regardais alors comme la légion sacrée, heureux et fier d'y appartenir, fût-ce le dernier de tous. Pendant un an, cédant à cette contrainte qu'Horace appelle *dira necessitas*, je remplis encore les fonctions de précepteur ; mais au bout d'un certain temps j'essayai de voler de mes propres ailes en entrant dans l'épineuse carrière d'homme de lettres. Elle me réussit aussitôt : c'était, je le dis en toute sincérité, c'était le malin qui me tentait. A la vérité, ma collaboration à la *Revue encyclopédique*, au *Bulletin* du baron de Férussac, à la *Revue germanique* de Strasbourg, était purement gratuite, quand, au contraire, mon poëme allemand de 1821, *Napoleons Todtenfeier*, m'avait valu déjà des honoraires[1] alors que j'avais à peine dix-neuf ans ; mais la *Statistique de la Russie* me fut payée ; la brochure *La Pologne et la Russie*, le seul de mes ouvrages imprimé à mes frais, donna en fin de compte un petit bénéfice ; mes articles dans *l'Universel*, journal fondé par MM. de Saint-Martin, Abel Rémusat et Klaproth, et alors purement littéraire, dans les *Annales européennes* de M. de Rotteck, me firent faire connaissance avec des mandats de caisse, qui m'induisirent à regarder un bureau de journal comme une espèce d'*Eldorado*. Quand ensuite la maison Cotta, à Stuttgart, accueillit avec empressement ma très-insignifiante *His-*

---

[1] Le rouleau d'écus de cinq francs que m'apporta, de sa propre impulsion, mon premier éditeur, M. Heitz, est resté dans mes souvenirs comme un événement majeur d'une vie alors au début.

toire de la révolution de juillet et m'invita à m'engager avec
elle en qualité de correspondant régulier de la *Gazette d'Augsbourg*, au prix de 1200 fr. par an, qui me furent exactement
comptés pendant plusieurs années et dont, soit dit en passant, j'allai une fois toucher un terme chez M. Thiers ; quand
je lus quelques-uns de mes articles dans le *National*, et que
l'éditeur de l'*Encyclopédie des Gens du Monde*, après m'a-
voir d'abord donné à traiter un certain nombre de mots, m'appela à prendre place dans les comités de rédaction com-
posés de MM. Ratier, Depping et Aubert de Vitry, mais que
je ne tardai pas, par une espèce d'anticipation littéraire sur
le 2 décembre, à faire supprimer [1], — oh alors! j'oubliai le
professorat et les soins qu'il importe de prendre pour y par-
venir ; je ne voyais rien au-dessus de l'homme de lettres,
et, qu'on me le pardonne ! je ne rêvais plus que l'Institut.
C'est ainsi qu'il arriva que je me trouvai n'avoir point les
grades nécessaires lorsque M. de Salvandy, alors ministre
de l'instruction publique, et qui m'avait fait décorer, — je
le dis pour rendre hommage à son caractère, — quoique je
l'eusse attaqué sans mesure dans six articles dirigés, dans
l'*Universel*, contre l'Introduction de son *Histoire de la Pologne sous Jean Sobieski*; lorsque, dis-je, à la recomman-
dation des princes et après s'être assuré que j'avais « de beaux
titres, » il voulut me nommer à une chaire. Alors je dus ra-
battre de mes prétentions jusqu'à me résigner à une nomina-
tion de sous-inspecteur primaire que le même ministre se
hâta de signer, presque à mon insu, à la demande du maire
de Strasbourg, qui à cette époque-là n'était pas M. Coulaux,
mais mon ami et camarade d'études, le savant et très-re-
grettable Schützenberger, ancien député, professeur à la fa-
culté de droit et auteur de bons ouvrages de droit public.

[1] MM. le docteur Ratier et Depping, de même que M. Villenave, qui
remplaça M. Aubert de Vitry, ont néanmoins conservé jusqu'à la fin la
plus importante part aux travaux de l'Encyclopédie.

Quitter Paris, après y avoir été, pendant quinze ans, à la tête d'une vaste entreprise littéraire, avec 6000 fr. de traitement (sans compter les honoraires de mes ouvrages et ceux que je tirais de mes leçons données aux princes), pour une modeste place d'inspecteur primaire à Strasbourg, quoique avec le traitement exceptionnel de 2000 fr., porté au bout de deux ans à 2400, cela pouvait, je crois, être regardé comme une chute, et j'étais ainsi puni, — que les jeunes gens l'entendent bien ! — par où j'avais péché. Cependant, afin d'atténuer ma faute, je dois ajouter que si, dans le long espace de temps que je passai dans la capitale, plongé dans les jouissances intellectuelles les plus vives, mais aussi les plus dignes, je ne songeai pas, comme je l'aurais dû, à prendre les grades universitaires supérieurs, je n'en étais pas empêché seulement par mon engouement imprévoyant pour la vie d'homme de lettres, mais que je n'en avais véritablement pas le temps depuis que j'étais l'unique directeur de l'Encyclopédie, chargé, en outre de la rédaction et de la correspondance avec les 350 collaborateurs, de l'administration tout entière de l'entreprise, y compris la comptabilité, pour laquelle toutefois on m'avait accordé un commis faisant aussi fonctions de commissionnaire[1]. J'étais d'autant plus absorbé par le travail quotidien, que j'ai rédigé personnellement au moins un douzième du texte de l'ouvrage, avec ou sans signature. Et quand enfin l'Encyclopédie fut achevée, j'avais quarante-trois ans, j'avais publié dix autres ouvrages, j'étais membre de plusieurs académies ou sociétés savantes, et il me répugnait de me soumettre à des épreuves qui m'eussent paru un jeu à l'âge de vingt et un ans, alors que j'étais humaniste autant qu'un autre. A l'appui de cette dernière assertion, j'ose rap-

[1] Ce simple commis, qui était un baron de Staël, neveu de l'auteur de *Corinne*, cousin-germain de la duchesse de Broglie, fut ensuite remplacé par un employé homme de lettres lui-même, l'exact et laborieux M. Louvet.

peler mon *Histoire de la colonisation de la Grèce*, écrite
en allemand, et à Berlin, pour l'édition allemande de l'*Histoire de la littérature grecque* de Schœll, dont je suivais
alors (1827-28) le cours d'histoire, en même temps que ceux
(l'un en allemand, l'autre, pour le roi et le corps diplomatique, en français) d'Alexandre de Humboldt sur la géographie cosmique et physique, ainsi que ma notice nécrologique
sur Schweighæuser, le père, dans la *Revue encyclopédique*
(août 1830), et plusieurs de mes articles dans l'Encyclopédie.

D'un autre côté, j'ajouterai que tandis que tout le monde
jugeait, comme mon biographe, que je n'avais pas «le rang
qui convenait à mon talent», moi-même, loin d'être humilié de celui qui m'était assigné, je m'appliquais à en tirer tout
le parti possible au profit des enfants dont les intérêts moraux,
bien si précieux, étaient confiés à ma garde. Je m'attachai à
ma position, qui d'ailleurs me laissait le temps de continuer
mes études favorites et mes travaux littéraires. Aussi les huit
années que je pus consacrer à l'administration et à l'inspection des nombreuses écoles primaires et salles d'asile de
Strasbourg, ne restèrent-elles pas, tout le monde en conviendra, sans produire des résultats heureux [1]. Ce n'est pas
ici le lieu de parler du trouble qui fut ensuite si subitement
jeté dans cette activité, à laquelle la loi du 15 mars 1850, qui
réduisait mes pouvoirs, avait déjà porté une première atteinte ; mais je le ferais sans la moindre aigreur, ces jours
d'épreuves étant déjà bien loin de moi.

Voilà ma confession faite! Si je l'imprime avant même que
je sois arrivé au port, ce n'est pas par présomption, comme
si le public s'inquiétait de moi, c'est pour me disculper aux

[1] J'ai rendu compte de mes opérations au chef de la cité et au conseil
municipal dans des rapports successifs, qui ont tous été imprimés,
sauf le dernier relatif à l'année 1855, resté inachevé. Voir *Budget de
1848*, p. 120 et suiv., *Budget de 1850*, p. 72 et suiv., *Budget de 1852*, p. 77-107.

yeux de ceux qui pourraient lire la notice du *Dictionnaire universel des Contemporains* ou quelques autres dont j'ai fourni le sujet soit en France soit à l'étranger. Je n'avais pas songé même à l'écrire, en commençant cette réponse : mes souvenirs ont été plus forts que moi et je me suis laissé entraîner. Cela tient sans doute à l'âge dont j'approche : avec les années vient la loquacité. D'ailleurs il me semblait que dans le petit récit que je viens de faire, il y avait une excellente leçon pour la jeunesse à la fois studieuse et ambitieuse. Je la lui donne à mes dépens. Puisse-t-elle bien comprendre qu'il n'y a d'avenir et de salut pour elle que dans les carrières régulières, conquises par les épreuves auxquelles la société soumet avec raison les jeunes aspirants !

Liste chronologique de mes ouvrages

(non compris les articles publiés dans des recueils ou dans les livres d'autrui).

I. OUVRAGES FRANÇAIS.

1828. *Notice sur le musée impérial de l'Ermitage à Saint-Pétersbourg*, Saint-Pétersbourg et Berlin, petit in-8°. Épuisé.

1829. *Essai d'une Statistique générale de l'empire de Russie, accompagnée d'aperçus historiques*, Paris et Saint-Pétersbourg, in-12, avec deux grands tableaux.

C'est à cet ouvrage que j'ai dû la décoration de la Légion d'Honneur, ainsi que le porte l'ordonnance royale. Il est depuis longtemps épuisé.

1831. *La Pologne et la Russie*, Paris, brochure in-8°.

1832. *De l'Unité germanique ou de la régénération de l'Allemagne*, Strasbourg, in-8°, écrit anonyme («par un cosmopolite»).

1832-1845. *Encyclopédie des gens du monde*, Paris (Treuttel et Würtz), 22 gros vol. in-8°.

Ouvrage collectif sur lequel je me suis suffisamment expliqué dans la notice qui précède.

1834. *Moscou, tableau statistique, géographique, topographique et historique de la ville et du gouvernement de ce nom*, Saint-Pétersbourg et Paris, in-8°.

Extrait anticipé de l'ouvrage qui suit. Épuisé. Voir, dans la préface de ma *Description de la Crimée*, p. VII, note, une lettre du gouverneur général de Moscou sur ce petit ouvrage d'un étranger.

1835. *La Russie, la Pologne et la Finlande, tableau statistique, géographique et historique*, Paris et Saint-Pétersbourg, un gros vol. in-8°.

Au sujet de cet ouvrage, auquel je dus d'être nommé membre correspondant de l'Académie impériale des sciences de Saint-Pétersbourg, et qui est depuis longtemps épuisé, voici ce qui me fut écrit, en date du 2 avril 1839, par M. J. de Tolstoï, alors correspondant à Paris du ministre de l'instruction publique de Russie : «Je me fais «un véritable plaisir d'informer M. Schnitzler que l'Empereur a lu «avec une satisfaction particulière son ouvrage sur (la Russie, la «Pologne et) la Finlande. M. le comte de Benckendorff, qui me fait «l'honneur de me l'écrire, me demande aussi de lui envoyer un «exemplaire de tous les ouvrages de M. Schnitzler pour S. M. l'Em-«pereur.» Peu de temps après me fut envoyée de la part de ce monarque, et sans aucune demande de la mienne (j'avais même négligé de faire hommage d'un exemplaire), une riche bague en diamants. — Un fait, peut-être encore plus honorable pour moi, c'est que l'Académie, ainsi que me l'a fait savoir M. Fuss, le secrétaire perpétuel, fit prendre dans la librairie un certain nombre d'exemplaires pour les déchiqueter et envoyer aux chefs des gouvernements (provinces) les pages qui concernaient les circonscriptions de chacun, avec invitation d'en faire la base d'un travail plus complet et plus authentique. De plus, ce même ouvrage fut introduit dans l'enseignement des écoles supérieures de la Russie. En France, il en a été fait mention avec éloge même à la tribune de la Chambre des pairs (par le baron de Gerando).

1842. *De la Création de la Richesse, ou des Intérêts matériels en France*, Paris, 2 vol. in-8°.

Ces deux volumes devinrent plus tard, avec des additions, les t. III et IV de l'ouvrage suivant.

1846. *Statistique générale, méthodique et complète, de la France, comparée aux autres grandes puissances de l'Europe*, Paris, 4 vol. in-8º.

Ouvrage honoré du prix Monthyon par l'Académie des sciences, en 1848. Premier conflit de l'auteur avec M. de Lamartine (voir la Préface).

1847. *Histoire intime de la Russie sous les empereurs Alexandre et Nicolas, et particulièrement pendant la crise de 1825*, Paris, 2 vol. in-8º et 2 vol. in-12.

Habent sua fata libelli; il en est de même de cet ouvrage. Il en parut deux contrefaçons belges, deux traductions allemandes (dont l'une fut une falsification que je dus signaler dans le Journal de la librairie allemande), une traduction anglaise, et M. de Beaumont-Vassy en a paraphrasé, sans permission de ma part, les parties les plus essentielles dans son *Histoire des Etats européens depuis le congrès de Vienne, L'empire Russe* (1858). Mais ce n'est pas tout. En Russie même, on a rompu, à l'égard de cet ouvrage, le silence officiel, si imperturbable avant le règne nouveau, aurore d'un temps meilleur pour ce puissant empire. Depuis 1848, un récit en langue russe, imprimé seulement à 25 exemplaires et puis encore une fois à pareil nombre, circula à la cour de Saint-Pétersbourg et parmi les membres de la famille impériale à l'étranger. Ce récit, très-curieux, très-intéressant et très-convenablement rédigé, était composé, par ordre de l'empereur Nicolas, sur des documents fournis par S. M., et avait été, dit-on, corrigé de sa propre main. A la mort de son auguste père, l'empereur actuel, fort de la conscience de ses nobles intentions, jugea à-propos de donner à cet écrit une publicité plus étendue. Alors il parut, en toutes langues, sous le nom de M. le baron de Korff, secrétaire d'Etat de Sa Majesté. La traduction française porte le titre suivant : *Avènement au trône de l'empereur Nicolas Iᵉʳ, ouvrage rédigé d'après l'ordre de l'empereur Alexandre II, traduit du russe*, Paris, 1857, in-8º. Elle reproduit la *préface de la première édition* (1848)*. Or, dans cette préface (p. XIII), voici ce qu'on lit : «C'est ainsi que le meilleur récit de «cette période, fait en langue étrangère, celui que Schnitzler a in-«troduit dans son livre intitulé *Histoire intime de la Russie sous les* «*empereurs Alexandre et Nicolas*, n'est, dans plusieurs particula-«rités, qu'à côté de la vérité et n'offre, en majeure partie, qu'un «extrait du «Rapport de la commission d'enquête» imprimé en 1825 «et traduit dans toutes les langues de l'Europe; extrait qui, pour

---

* On voudra bien remarquer cette date, qui se trouve imprimée dans l'ouvrage officiel : elle est en contradiction évidente avec ces mots du titre : «ouvrage *rédigé* d'après l'ordre de l'empereur Alexandre II.» Ce glorieux monarque n'occupe le trône que depuis le 2 mars 1855.

« être assez étendu, n'en est pas pour cela plus rigoureusement
« exact, et auquel l'auteur a donné la forme d'une narration per-
« sonnelle, en l'ornant de quelques anecdotes. » Il me suffit ici de
constater que l'ouvrage dont M. le baron de Korff est le parrain, avait
pour mission d'être une réponse au mien (il n'en cite aucun autre,
si ce n'est celui, en russe, de M. Oustrialof). Je ne me suis pas
pressé de répondre moi-même aux imputations injurieuses que les
dernières lignes contiennent; mais je les repousse hautement. Et,
puisque je trouve ici l'occasion d'en parler, je déclare en passant
que j'ai constamment cité le Rapport de la commission d'enquête
quand je m'en suis servi; que ce rapport, dans l'édition française
a 138 pages et que mon ouvrage en a 1040 (ce qui montre assez
que celui-ci ne saurait être un extrait de l'autre); qu'il est unique-
ment relatif au procès de haute trahison et non à l'histoire même de
l'avènement de l'empereur Nicolas; enfin que je n'ai pas seulement
introduit l'histoire de la conjuration de 1825 dans mon livre, mais
que ce livre est en grande partie consacré au récit de cette histoire
dont j'ai été le témoin oculaire, et que, s'il contient, comme on
l'assure, des erreurs *dans plusieurs particularités*, il est en re-
vanche exact dans son ensemble, comme beaucoup de Russes me
l'ont certifié et comme cela résulte de la publication même de M. le
baron de Korff. Car, tout en donnant quelques éclaircissements nouveaux, il ne réfute rien, au fait, de ce que j'avais avancé: aussi bien
l'avais-je fait sans passion, sans inimitié ni esprit de dénigrement,
quorum caussas procul habeo. Si ce que M. le Secrétaire d'Etat dit
de mon ouvrage était vrai, comment celui-ci serait-il « le meilleur
récit de cette période faite en langue étrangère » (il n'y en avait pas,
et ne pouvait pas y en avoir, en langue russe, avant les publications de M. Herzen à Londres) ? Ne s'est-il pas mis ici en contradiction
manifeste avec lui-même, et son langage ne justifierait-il pas, dans
le mien, des rigueurs, auxquelles, heureusement, il n'est pas dans
mes habitudes de me livrer? C'est par des faits qu'il s'agira de répondre : un travail refondu et plus digne de ce beau sujet est en
effet tout prêt; il attend seulement qu'il me soit possible d'y mettre
la dernière main.

1854. *La Russie et son agrandissement territorial depuis
quatre siècles*, Colmar, brochure in-8° extraite de la *Revue
d'Alsace.*

1854. *La Russie ancienne et moderne, histoire, description, mœurs*, publication pittoresque et illustrée, petit
in-folio. — 2e édition, corrigée et augmentée, ornée de
gravures, Paris, gr. in-8°, avec une carte.

A mon insu, ce livre a aussitôt été traduit en allemand et peut-
être dans d'autres langues. J'ai dû protester contre la traduction allemande (*Geschichte des Russischen Reichs*) du libraire Lorck à Leip-

zig, comme j'avais protesté contre celle de l'Histoire intime sortie
de la fabrique de Grimma, non comme étant seulement mal faite, mais
comme me prêtant des choses qui ne m'appartenaient pas. Le libraire
Lorck avait publié aussi une traduction allemande du livre de M. le
vicomte de Beaumont-Vassy dont j'ai parlé plus haut; et, malgré
mes griefs contre l'original, qu'il ne connaissait pas, il est vrai, il
a eu l'idée lumineuse, que je ne veux pas autrement qualifier, de
me faire citer le produit de sa boutique, à la place de la citation
suivante qui se trouvait à la page 185 de l'édition de luxe : « Les
« opinions les plus contradictoires étaient représentées dans cette
« vaste conspiration, dont, riche de faits recueillis sur les lieux mêmes
« et témoin oculaire de ceux qui se sont passés sous les yeux du pu-
« blic, nous avons essayé de nous faire l'historien (*Histoire intime*,
« etc.). »

1855. *Description de la Crimée, surtout au point de vue
de ses lignes de communication*, Paris, avec une carte.

1856. *L'Empire des Tsars, un septième des terres du globe,
au point actuel de la science*, 1re partie, *le Territoire,
tableau naturel*, Paris et Strasbourg, un gros vol. in-8°.

Cet ouvrage, dont Sa Majesté l'empereur Alexandre II a
daigné accepter la dédicace, se composera de cinq parties,
formant chacune un volume, savoir :

1re partie : Le Territoire, tableau naturel ;

2e — La Population ; arithmétique politique et ethno-
graphie ;

3e — La Création de la Richesse ; statistique des intérêts privés et matériels ;

4e — L'État et l'Église ; statistique des intérêts géné-
raux et des intérêts moraux ;

5e — Les lieux habités et les circonscriptions ; statistique spéciale et topographie.

Que l'on nous permette de faire, au sujet de cet ouvrage qui nous
occupera longtemps, quelques extraits du *Bulletin de la classe des
sciences historiques, etc., de l'Académie de Saint-Pétersbourg*,
t. XIV, n° 10, p. 159 et n°s 14, 15, p. 238. En présentant de ma part
le tome 1er à l'illustre compagnie, dans la séance du 3 septembre
1856, M. de Kœppen, un des plus célèbres statisticiens, qui m'ho-
nore de son amitié, a dit : « A en juger par la partie publiée, ce
« sera une œuvre des plus vastes et des meilleures de toutes celles
« qui ont paru à l'étranger relativement à la Russie. » L'Académie

daigna alors nommer une commission pour examiner ce volume, et voici ce qu'on lit dans le bulletin de la séance du 17 décembre 1856 : « MM. Kœppen, Brosset et Vesselovsky présentent un rapport « très-favorable sur l'important ouvrage de M. Schnitzler, *l'Empire* « *des Tsars*. Les signataires relèvent que ce livre consciencieux n'est « que le premier des cinq volumes que nous promet M. Schnitzler, « qui, vingt-cinq années durant, n'a jamais cessé de consacrer son « temps à l'étude approfondie de la Russie et s'est placé à la tête des « écrivains français traitant de la Russie. L'Académie croirait donc « manquer à un devoir, si elle omettait de recommander son membre « correspondant, M. Schnitzler, à la protection toute particulière de « S. Exc. M. le Président. » Une protection auguste a presque aussitôt été annoncée à l'auteur ; l'Académie et la Société impériale de géographie l'ont, à l'envi, enrichi de matériaux nouveaux qui lui étaient nécessaires pour son travail. Ces témoignages de bienveillance et d'estime, descendus de si haut, à des degrés divers, ont été et seront pour lui l'encouragement le plus efficace qu'il puisse souhaiter.

1856. Edition française (avec avant-propos, traductions et notes) du *Manuel diplomatique* de M. le professeur Ghillany, Nœrdlingue, 2 vol. in-8°.

1857-1860. *Atlas historique et pittoresque ou Histoire universelle disposée en tableaux synoptiques* et illustrée de cartes et de planches, Strasbourg, 3 vol. in-fol. Ouvrage fondé et commencé par J. Baquol, auteur du *Dictionnaire géographique et historique de l'Alsace*.

II. OUVRAGES ALLEMANDS.

1821. *Napoleons Todtenfeier*, Strasbourg, in-8°, poëme en hexamètres.

1830. *Bericht eines Augenzeugen über die letzten Auftritte der französischen Revolution (die zwei Wochen vom* 26. *Julius bis zum* 9. *August* 1830), Stuttgart et Tubingue, in-8°.

1832. *Briefe aus Paris über Frankreich im ersten Jahr seiner Julius-Revolution*, ibid., in-8°, réimpression par la maison de Cotta elle-même d'une partie de ma correspondance avec la *Gazette d'Augsbourg*.

1824. Membre de la Société courlandaise pour la littérature
et les arts.

1839. Membre correspondant de l'Académie impériale des
sciences de Saint-Pétersbourg.

Le diplôme appelle M. Schnitzler *Virum de propagandis apud exteros* VERIS *de Rossia notionibus maxime meritum.* Ce mérite, la Russie l'a-t-elle souvent reconnu à des écrivains étrangers?

1844. Membre correspondant de l'Institut national de Washington.

—   Chevalier de l'ordre de Saint-Stanislas de Russie,
3ᵉ classe.

1846. Chevalier de la Légion d'Honneur.

1847. Membre associé de la Société impériale géographique
de Russie.

1857. Notification suivante de l'ambassade russe à Paris
(17 décembre): «Monsieur, J'ai l'honneur de vous informer
« que mon auguste Souverain a daigné accepter la dédicace
« ainsi que le premier volume de votre ouvrage *L'Empire*
« *des Tsars.* (*Suit un témoignage de la munificence impériale.*) En vous faisant part, Monsieur, de cette bien-
« veillante décision de S. M. l'Empereur à votre égard, je
« vous prie d'agréer l'assurance de ma considération la
« plus distinguée. L'ambassadeur de Russie, comte DE
« KISSELEFF. »

9 782329 253930